Manon - Le Cul Nu
Illustré par Coucou Suzette

W0340684

Le cul mis à nu

Le livre qui déculotte les idées reçues

Les insolentes

Le cul mis à nu

Le livre qui déculotte
les idées reçues

Hello, les p'tits culs !

Je me présente, je m'appelle Manon, je suis née avec une vulve et je me sens femme depuis toujours. Je suis française avec des origines espagnoles – *dont je ne suis pas peu fière* –, et j'ai grandi au sein d'une famille nombreuse avec des parents bienveillants dans la magnifique ville de Bordeaux – *Chocolatine City*. Je parle – *beaucoup trop* – fort et mon rire déstabilise les gens au point qu'ils ne savent pas si je rigole ou si je m'étouffe. Adolescente, j'avais déjà une attirance pour les anecdotes portant sur l'histoire de la sexualité. En grandissant, je me suis de plus en plus intéressée à l'éducation genrée, ce qui m'a valu une bonne note à un devoir de culture générale à la faculté de Bordeaux. Mon militantisme, en revanche, date de toujours. En tant que femme, je n'aime pas la façon dont on me voit et me traite. Ce qui fait que, enfant, j'ai mis du temps à aimer être une fille, mais en grandissant, j'en ai été de plus en plus fière.

Du coup, je me suis très vite retrouvée dans le féminisme, en partie le féminisme prosexe, que j'ai découvert, notamment, avec Camille Emmanuelle dans son livre *Sexpowerment – et je l'en remercie encore*. Cela fait maintenant quelques années que j'ai ouvert mon compte Instagram, @lecul_nu, où je m'amuse à éduquer mes p'tits culs – *nom que je donne à mes abonnés*. Bien que je sois constamment censurée par la plateforme, je crée des vidéos et des visuels pour parler avec légèreté de sujets touchant à la sexualité. J'espère sincèrement que vous vous amuserez autant à lire ce livre que moi à l'écrire. J'espère aussi que vous me pardonnerez mes mauvais jeux de mots et mes blagues un peu foireuses. Enfin, je vous souhaite de bien profiter de l'univers envoûtant de Juliette, de Coucou Suzette, qui a coloré ce livre avec ses illustrations toutes plus géniales les unes que les autres.

Bonne lecture !

Manon

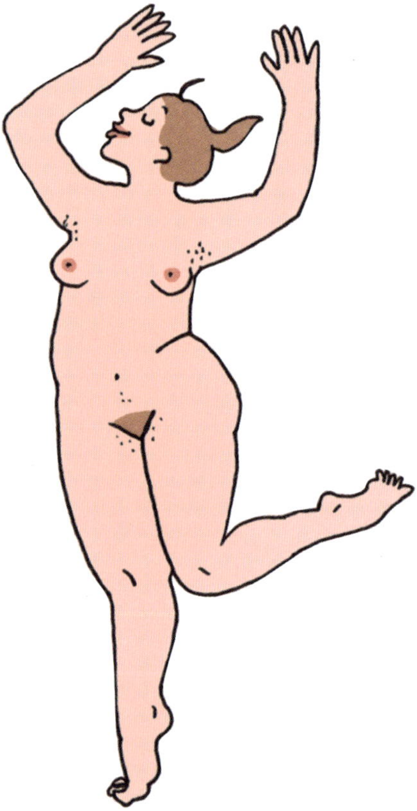

Coucou !

Je suis Juliette de Coucou Suzette. C'est moi qui ai illustré ce chouette livre coquinou de Manon. J'ai pris un immense plaisir à mettre en images ses propos !

J'aime regarder les gens vivre et les représenter dans leur quotidien avec toutes les aspérités qui les constituent : ce qu'ils veulent montrer, mais aussi ce qui leur échappe, que ce soit une petite bretelle de soutif, une expression un peu maladroite, un pas de danse raté…

Pour en dire un poil plus sur moi, j'ai vécu au Japon, dont je suis tombée amoureuse, et à mon retour j'ai créé la marque d'accessoires kitsch et féministes Coucou Suzette, qui me passionne et que vous pouvez découvrir sur mon compte Instagram @coucousuzette. J'aime la BD indépendante, chanter du Françoise Hardy, tous les films de Jacques Demy et me balader des heures dans la nature avec Joya, mon énorme bouvier bernois mal élevé !

Juliette

Sommaire

Introduction

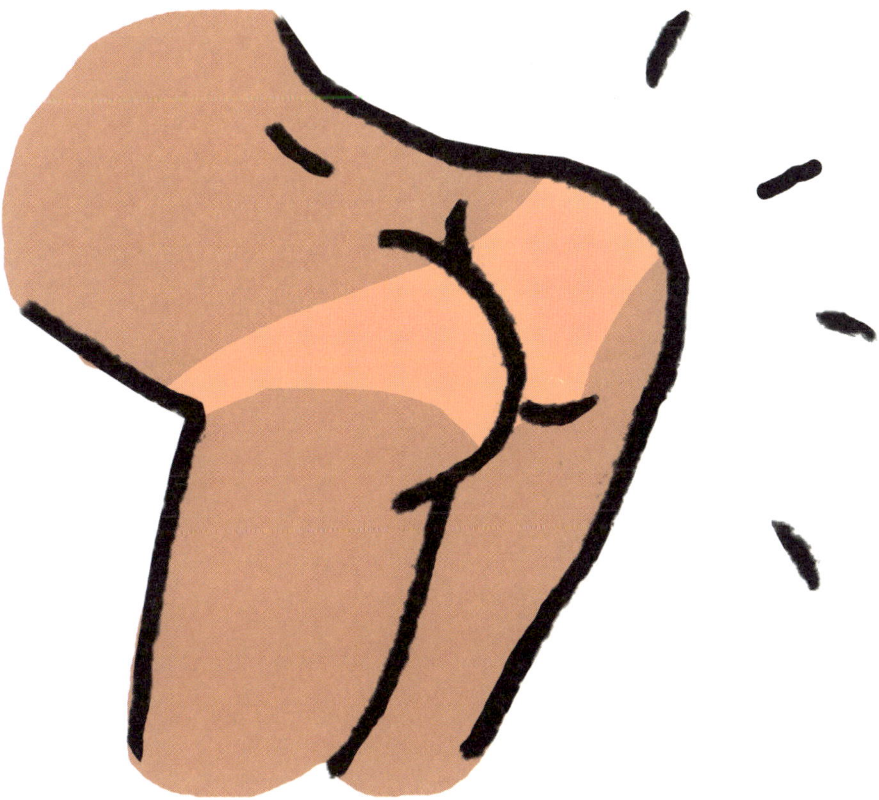

« Voulez-vous coucher avec moi, ce soir ? »

N'importe quel étranger croisant un Français.

Faisons un petit voyage dans le temps, voulez-vous ? Retournons ensemble à cette fameuse époque où le groupe Tokio Hotel déchaînait les foules, transformant les groupies en mini-gothiques, et où l'entretien d'un Skyblog était la principale occupation des adolescents. À cette époque, donc, j'ai les cheveux courts, et il n'y a jamais assez de noir autour de mes yeux ; la cour de récréation est un océan d'hormones, et les premiers amours se cachent au fond des couloirs du collège. Un jour, censé se dérouler comme un autre, je me retrouve, de la manière la plus improbable qui soit, avec une capote et une banane à la main. Ce n'est pas sans rougeurs et sans gêne que notre professeur de SVT de l'époque tente de faire sa leçon sur l'éducation sexuelle. Après plusieurs démonstrations, à nous de jouer ; j'y mets toute ma bonne volonté, mais ma banane, peut-être un peu trop mûre, s'écrase à mesure que j'enfile le latex. C'est sans surprise que je termine avec de la banane plein les mains, une capote mise à l'envers et un regard désespéré de mon professeur – *bon, ça, à la limite, j'avais l'habitude*. Je suis alors en quatrième, et j'ai un fou rire comme chaque fois que je stresse ou que je panique – *c'est toujours d'actu* –, ce qui me vaut un mot sur mon carnet. Je ressors de cette journée avec des mains qui collent, un mot à faire signer et une supposée éducation sexuelle en poche.

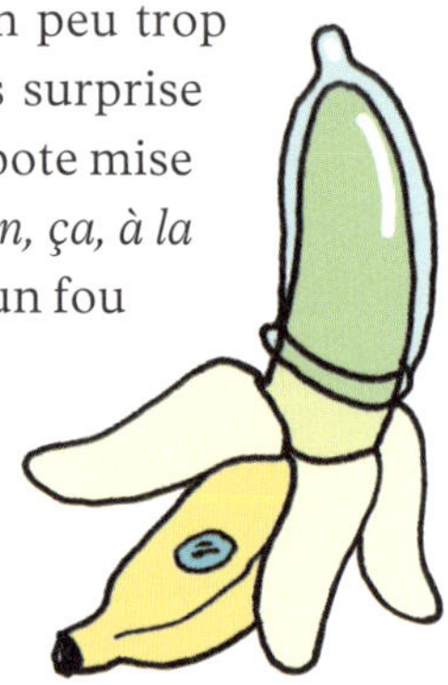

Le sexe est, depuis toujours, au cœur de nos préoccupations. Trop souvent réduit à ce qui se passe dans l'intime, c'est en réalité lui qui dicte notre façon de vivre, de nous aimer et de voir le monde. Quand on parle d'éducation sexuelle, les Français entendent surtout le mot « sexuelle » – *certainement pas « éducation »* – et l'associent directement à ce qui se passe sous la couette. Pourtant, le sexe est une notion qui s'avère bien plus large, englobant plusieurs axes, plusieurs visions, plusieurs aspects. Ce tout peut varier d'une culture à une autre, mais a toujours un point commun : l'expression de notre animalité. Et son éducation n'est que le processus de son apprentissage, lequel va nous enrichir durant toute notre vie.

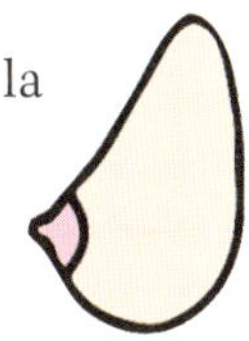

Passionnée de sexologie depuis l'adolescence, j'aime comprendre la place que tient le sexe dans nos vies d'Occidentaux. S'il devait être personnifié, on serait sûrement tentés de le représenter comme un invité discret et pudique, ne se révélant que dans l'intimité. En réalité, il se rapproche plus de ce pote qu'on adore mais qui tape toujours l'incruste et qu'on n'arrive pas à dégager, celui qu'on ne comprend pas bien et qui nous pose problème en mettant sans cesse le doigt sur ce qui nous dérange – ah la saleté ! Si on le considère encore comme l'indésirable, c'est parce que le sexe – *et tout ce qu'il englobe* – n'a jamais réellement pu s'exprimer. Pourtant, il est omniprésent dans notre société. Impossible de ne pas être exposé à la facette superficielle de la culture du cul ; sur les panneaux publicitaires stéréotypés et sexualisés pour vendre des aspirateurs, dans nos programmes télé, dans la presse, dans nos rapports aux autres, sur nos portables et nos réseaux, voire dans le reflet des miroirs. A contrario, notre apprentissage de la sexualité et de la vie affective repose sur une à deux heures en classe de quatrième – *et on a tous des beaux souvenirs de gênance de ce moment-là !* Encore aujourd'hui, il se résume à un cours ciblant la reproduction, et donc à une vision très hétéronormée du sexe, qui survole la notion de consentement et évite à tout prix de parler plaisir – *si on se limite à ça, comment espérer comprendre et bien vivre l'activité sexuelle ? Vous avez quatre heures !*

Difficile de s'éduquer à un sujet diabolisé, accusé de tous les maux et qu'on censure à outrance. Pas simple d'oser en parler, de communiquer ou de se renseigner sans se sentir jugé. Inévitablement, on en vient, un jour, à se demander : « Est-ce que je suis normal(e) ?, « Est-ce que c'est normal d'aimer / de ne pas aimer telle ou telle chose ? » Alors, comme on est au XXIe siècle, pour avoir des réponses, qu'elles soient bonnes ou non, on se tourne vers notre bon vieux pote Google. La magie du référencement fait que, en cas de questionnement autour de la sexualité, on atterrit sur des forums ou des sites pornographiques gratuits. Cela fait quelques années maintenant que les plateformes pornographiques *mainstream*[1] comme Pornhub, YouPorn ou Redtube sont devenues, malgré elles, des plateformes éducatives – *je dis bien « malgré elles », car elles n'ont jamais prétendu l'être !* Or, si on a le mauvais réflexe de se tourner vers elles pour combler nos lacunes, ce n'est pas à cause de leur omniprésence ou de leur accessibilité, mais bien de l'absence d'un réel dispositif éducatif. Ainsi, on se retrouve à bâtir et à nourrir notre culture du cul avec des scènes truquées, des performances sexuelles, des corps retouchés et, au mieux, des conversations entre amis. Pendant tout ce temps, on oublie de préciser une chose essentielle : l'éducation à la sexualité et à la vie affective est un droit nécessaire à notre bien-être, qui se doit d'être réaliste et inclusif. Plus on en sait sur un sujet, moins il nous effraie. Le savoir est une arme, c'est lui qui nous protège et qui permet de se défendre ! C'est aussi lui qui nous rassure, qui nous fait grandir et qui nous permet de nous affirmer tel que nous sommes – *bref, c'est notre gars sûr.*

On pourrait passer des heures à revoir notre copie tant il y a de sujets à aborder. Mais alors on passerait vraiment beaucoup, beaucoup de temps ensemble – *ah mais ça tombe bien, on me dit souvent que je parle trop !* Vous l'aurez compris, je ne me lasse pas des sujets dits « dérangeants ». J'adore les comprendre, les déconstruire, les vulgariser et les rendre ludiques. L'objectif de ce livre n'est pas de dire *quoi faire* ou de définir *ce qui est normal,* déjà parce qu'il n'y a pas de normalité dans la sexualité, mais aussi et surtout parce que l'éducation sexuelle est un apprentissage personnel qui se fait tout au long de la vie.

Et, comme c'est un sujet qui nous concerne tous, je souhaite m'adresser à tout le monde – *pas de jaloux, personne ne sera épargné !* Que ce soit les femmes cisgenres[2], transgenres[3], les personnes avec vulve, sans vulve, les personnes non binaires, les hommes cisgenres, transgenres, les personnes avec pénis, sans pénis, les personnes hermaphrodites, les personnes valides, les personnes en situation de handicap, les croyants, athées, les personnes qui écoutent du Patrick Sébastien… *Un beau bordel, tout ça !*

Ici, pas de jugement, laissons toutes nos fausses croyances à la porte et voyageons dans l'avenir comme dans le passé. Le but est d'ouvrir des pistes de réflexion sur notre vision du sexe, version XXIe siècle : une sexualité post-metoo, plus réaliste et plus inclusive, qui en a ras le bol de devoir faire semblant, qui fait face à de nouvelles technologies et qui se déconstruit pour mieux se reconstruire. Explorons ensemble la fesse cachée du cul – *pour celles et ceux qui ne l'auraient pas encore compris, j'ai un faible pour les jeux de mots un peu nuls. Ça va être comme ça tout au long du livre, bon courage.*

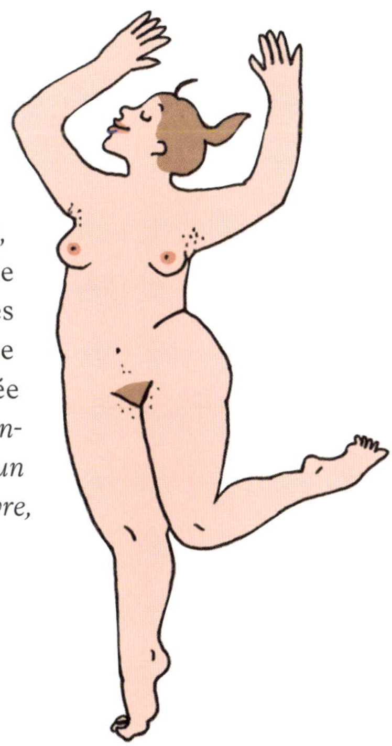

1 Idées, activités ou éléments partagés par une majorité de personnes, s'avérant donc accessibles et conventionnels.

2 Dont l'identité de genre est en accord avec leur sexe et leur genre.

3 Dont l'identité sexuelle et psychique ne correspond pas au sexe biologique.

Tu l'as fait ?

Au départ, je voulais commencer ce chapitre en vous parlant de ma première fois. Cependant, je me suis rapidement demandé : laquelle ? Si ma vie sexuelle a été riche en « premières fois » – *et le sera encore j'espère* –, on ne m'a appris à en retenir qu'une. Dans l'inconscient collectif, la « première fois » ne concerne pas le premier contact ou la première attirance sexuelle, qui sont pourtant forts en sensations, mais la première pénétration vaginale, assimilée aux portes du paradis du cul et au chemin le plus court vers l'épanouissement sexuel. Mais plus qu'une histoire de sensations, c'est une étape, un indicateur social important censé témoigner d'une certaine maturité, voire d'un passage à l'âge adulte. Aux dépens de toutes les autres pratiques, ce concept hétéronormatif laisse penser que l'acte sexuel, le vrai, est uniquement celui qui est pénétrant.

Le cinéma hollywoodien lui-même ne cesse de nous vendre du rêve avec ses scènes d'amour qui entretiennent le fantasme romantique autour de cette fameuse « première fois » – *qui n'a jamais voulu coller sa main sur la vitre pour rivaliser avec Jack et Rose, alors que ça fait des traces dégueu sur la fenêtre ?* Les magazines, eux, nous préparent en donnant des conseils pour s'apprêter ou rendre l'expérience plus confortable, comme s'ils cherchaient à masquer un calvaire. Moi-même, adolescente, je ne connaissais ni les pratiques ni les sensations du sexe, et pourtant je fantasmais déjà sur cette fameuse étape. Mais en fait, si repose sur elle beaucoup d'espoir, la « première fois » se résume surtout à de l'expérimentation. Au final, ma première pénétration vaginale a été plus drôle que romantique : avec mes crises de fou rire dans les moments de stress, j'ai rigolé du début à la fin – *le temps paraît interminable dans ces cas-là, n'est-ce pas ?* La solitude s'est également fait ressentir lorsque j'ai dû laver mes draps tachés, me rappelant que même si je pensais désormais être une adulte, je ne savais toujours pas utiliser une machine à laver.

LE MYTHE DE LA VIRGINITÉ

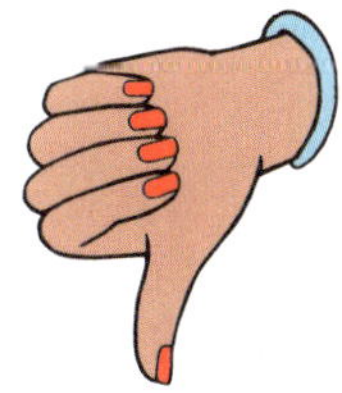

« Je ne m'attendais à rien, et je suis quand même déçu. »
Dewey, *Malcolm*.

Mon premier électrochoc littéraire s'est fait avec *Brûlée vive* de Souad[1], une autobiographie racontant comment l'auteure a été enflammée après avoir perdu sa virginité hors mariage. Ça a été une gifle pour moi, petite Française blanche, athée, issue de la classe moyenne. Que ce soit à travers les livres, la presse, les films, les séries ou les réseaux sociaux, il est pourtant facile de se rendre compte de la sacralité de la virginité dans notre société – *surtout de celle des personnes à vulve !*

La beauté de la nature humaine se cache dans sa diversité...

Ce n'est pas un hasard si j'utilise le mot « mythe » pour parler de la virginité. On peut être vierge d'expériences sexuelles, c'est un fait. Mais de là à penser que l'hymen en témoigne à coup sûr... C'est une fausse croyance bien trop répandue. Soyons clairs : ni la présence de l'hymen, ni les saignements, ni les douleurs ne sont des automatismes lors d'une première pénétration vaginale. La beauté de la nature humaine se cache dans sa diversité, alors croire qu'un vagin saignera forcément lors de sa première pénétration, c'est nier sa richesse. Juger de la virginité d'une personne en fonction de son hymen n'est que le signe d'un manque de connaissances et d'une mauvaise éducation sexuelle.

Si cette petite membrane qui ferme partiellement l'orifice vaginal est encore un mystère pour la science, on sait déjà que son anatomie varie. En effet, on estime qu'il existe au moins quatre types différents d'hymen : annulaire, cribriforme, labié et fermé. Pour autant, on ne sait pas réellement pourquoi une personne a tel type d'hymen plutôt qu'un autre. Ce que l'on sait également, mais dont on ne parle que trop peu, c'est que certains vagins sont dotés d'un hymen à peine perceptible, ou n'en ont carrément pas. C'est notamment là que l'on constate les désastres du manque d'éducation à la sexualité : si une personne naît avec un minuscule hymen dans une société où celui-ci est décisif pour son intégration sociale, elle est condamnée d'office, socialement, voire physiquement.

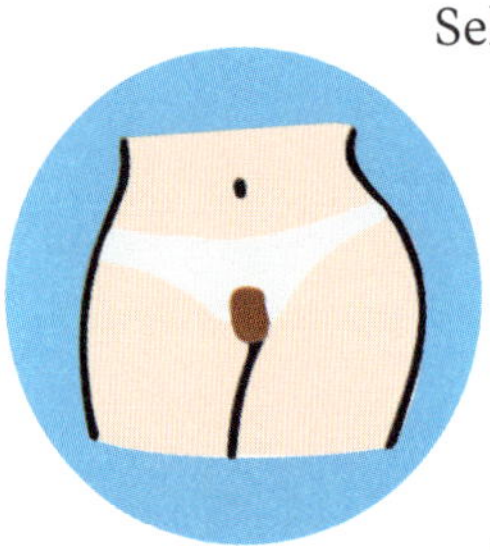

Selon les cultures, la virginité est en effet un facteur social important : la considération et le respect que l'on porte à une personne dépendent parfois directement de son hymen – *« Ton hymen est intact, j'en conclus que tu es vierge. À mes yeux, tu es donc respectable »*. Cette glorification de la femme vierge n'a rien de nouveau, c'est un lourd héritage dont on ne sait pas trop quoi faire. Son origine est notamment religieuse, différentes croyances la présentant comme un idéal, une incarnation de la pureté ; dans le christianisme par exemple, on blâme Ève qui ne résiste pas à la tentation, alors que l'on admire Marie, à la fois vierge et incarnation de la maternité. Partout dans le monde, peu importe la religion ou la culture, la vierge incarne la pureté, l'idéal, une offrande luxueuse. On parle bien d'offrande car, en plus d'être un symbole fort, la virginité est devenue un fantasme, notamment dans les relations hétérosexuelles, puisqu'elle offre une sensation d'exclusivité. Vous pensez que c'est une vision arriérée ? Il est pourtant facile d'en trouver des exemples au XXIe siècle, ce qui prouve qu'aujourd'hui encore le mythe de la virginité fait loi.

Encore de nos jours, saigner lors du premier rapport reste une question de survie pour certaines personnes. La présence d'un hymen intact concentre tellement d'enjeux que cela a même poussé à la commercialisation de « kits de virginité ». Le concept ? Des capsules de sang à insérer dans le vagin, qui exploseront lors d'une pénétration. Pas besoin d'aller sur le darknet, il est possible de trouver des tutoriels sur YouTube pour créer ses propres cap-

PAYE TON HYMEN !

Un million deux cent mille euros : c'est le prix qu'a payé un banquier de Wall Street pour la virginité de Jasmine, jeune Française de 20 ans qui, en 2018, a fait monter les enchères pour subvenir aux besoins de sa famille[2]. L'affaire, à la fois amusante et choquante, a fait les gros titres – d'autant plus que l'agence d'escort à l'origine des enchères avait déjà battu des records avec la virginité d'une Américaine vendue pour plus de 2 millions d'euros. On se demandait alors : « Mais pourquoi vendre sa virginité ? » plutôt que : « Pourquoi mettre un putain de million d'euros dans ça ? » Deux idées s'opposent et se complètent dans cette affaire : un parti glorifie la virginité au point de dépenser des millions pour elle, tandis que l'autre a bien conscience de son importance, d'où l'idée de la vendre et d'en tirer des bénéfices. Ce qui me dérange le plus, finalement, c'est de savoir qu'on peut bâtir son fonds de commerce sur la pression sociale – *c'est moche, mais pas nouveau.*

sules. Pire encore, certaines vont jusqu'à avoir recours à une hyménoplastie, opération chirurgicale qui consiste à reconstruire l'hymen. Le poids du mythe de la virginité est tellement lourd à porter que certaines personnes n'ont pas d'autre choix que d'être créatives, quitte à se mettre en danger ; car oui, bien évidemment, tout cela n'est pas sans risques pour la santé.

Dans l'optique de la première pénétration vaginale, les jeunes filles sont toujours préparées au pire – *vous allez avoir mal, il va y avoir du sang, mais c'est comme ça.* Or ce n'est pas vrai, on ne le répétera jamais assez. Donc mettons les choses au clair une bonne fois pour toutes. Si une douleur se fait ressentir, c'est parce qu'on est contractée, par exemple à cause du stress. La première pénétration vaginale n'est en aucun cas censée être douloureuse. Et aussi : l'hymen ne témoigne pas de la virginité d'une personne ; on peut par exemple avoir un hymen et ne pas saigner. Ça devrait être écrit en gros dans les écoles, sur le fronton des mairies et dans nos carnets de santé, ça devrait faire les gros titres des magazines et envahir nos *feeds* Facebook et Instagram. Au lieu de ça, on entretient le manque d'éducation sur le sujet, ce qui permet de maintenir un contrôle invisible sur la vie sexuelle des femmes – *les pénis, eux, font ce qu'ils veulent.* En glorifiant le mythe de la virginité, on instaure une ligne de conduite sociale qui se révèle totalement sexiste. Laissons notre hymen là où il est jusqu'au jour où on n'en veut plus, peu importe quand, peu importe avec qui, pourvu que ce soit désiré – *s'il pouvait parler, il demanderait sûrement qu'on arrête de lui imposer autant de responsabilités !*

La construction de notre sexualité autour de la pénétration traduit bien la vision phallocentrée dominante.

PÉNÉTRONS DANS L'HISTOIRE

Si la pénétration vaginale est au cœur de nos préoccupations à nous, petits êtres humains, c'est parce qu'elle est directement liée à une pratique : la reproduction. En effet, puisque notre apprentissage du sexe est souvent limité à son rôle reproducteur, la pénétration vaginale est considérée comme l'incarnation de l'acte sexuel lui-même. Dans le cas de la reproduction, il est vrai qu'elle est quasi indispensable et qu'elle mérite son trône. En revanche, si on parle de plaisir, ce qui est un tout autre sujet, elle n'a pas forcément sa place au premier plan. La construction de notre sexualité autour de la pénétration traduit bien la vision phallocentrée dominante dans nos sociétés occidentales. Mais d'où est-ce que ça vient, exactement ? Laissez-moi enfiler mon costume de Père Castor et vous raconter une petite partie de notre histoire – *de rien si vous avez le générique dans la tête.*

> *Notre vision du sexe est encore principalement fondée sur le concept de procréation.*

L'histoire occidentale est marquée par la domination masculine et l'omniprésence de la pénétration. Pour mieux comprendre, remontons par exemple au Moyen Âge, une longue période pendant laquelle l'influence de l'Église fut prédominante. À cette époque, le plaisir sexuel est condamné. En gros, le seul cas dans lequel le sexe n'est pas puni, c'est pour la reproduction : à la fin du VIe siècle, le pape Grégoire le Grand, dans une lettre adressée à Augustin de Canterbury, explique que ce ne sont pas les relations sexuelles qui sont condamnables, mais le « plaisir de copulation[3] ». *Grosse ambiance.* On ne rigole alors pas avec le sexe, au point que la masturbation, la sodomie et la fellation sont considérées comme des crimes contre nature et donc punies – *encore fallait-il que quelqu'un vous balance.* À cette époque, les rapports homosexuels sont donc condamnés non pas parce qu'ils mettent en scène deux personnes du même sexe, mais parce qu'ils n'ont lieu que pour le plaisir et pas pour la reproduction. Autre conséquence : le plaisir, puisqu'il n'est pas toléré, est incompris. C'est pour cette raison notamment que, durant des siècles, on pensera par exemple que l'émission de sperme est à l'origine du plaisir féminin, donc que, pour prendre du plaisir, une femme dépend d'un pénis et de la pénétration vaginale – *ça voudrait ainsi dire qu'une lesbienne ne peut pas être épanouie sexuellement... ah ah ah !*

Aux alentours du XIe siècle, le plaisir sexuel vient se faire une petite place dans le discours médical. Mais attention, on ne parle jamais de lui indépendamment de la reproduction ! Le médecin Constantin l'Africain, dans *De coitus* (« Du coït »), premier écrit en latin traitant de l'acte sexuel entre un homme et une femme avec un point de vue médical, clame que le plaisir est indispensable à la procréation[4]. Deux siècles plus tard, Aldebrandin de Sienne, un médecin italien, fait parler de lui en affirmant que pour les hommes, la rétention de semence est nuisible, et que le coït est indispensable pour rester en bonne santé, au point que « les vieilles filles, les religieuses et les veuves meurent prématurément parce qu'elles n'ont pas ou plus de sexualité[5] ». Si jamais ça fait quelques mois que vous n'avez eu aucune relation sexuelle ou si vous êtes abstinent(e), je préfère vous rassurer, tout cela est faux. Même si la sexualité participe à notre bien-être, elle ne conditionne pas notre santé – *donc pas de panique, ne dégainez pas tout de suite Tinder !*

À la fin de l'époque médiévale, l'Église développe une véritable obsession du péché de chair, au point qu'elle bannit certaines pratiques sexuelles. Oui, oui, vous avez bien lu ! Une seule position est admise dans la chambre à coucher : le missionnaire[6], bien connu des Occidentaux – c'est d'ailleurs la position la plus pratiquée dans les relations hétérosexuelles en Europe, voire à travers le monde. Si elle a autant la cote chez les hétéro, c'est parce qu'elle est simple, mais aussi parce qu'elle permet l'échange de baisers.

Au Moyen Âge, l'Église en fait la promotion, mais attention, avec des règles bien précises qu'il vaut mieux suivre à la lettre : il faut que la femme soit étendue sur le dos et que l'homme se positionne au-dessus – *il ne faudrait pas que la femme soit en position de domination, non mais oh !* La levrette ? Aux oubliettes ! Elle est jugée inacceptable car elle abaisse l'homme au rang d'animal. Alors oui, la première question qui vient à l'esprit, c'est : « Mais comment ils espéraient faire respecter les règles ? Après tout, ils ne pouvaient pas vérifier ! » C'est un fait, l'Église ne peut pas contrôler tout ce qui se passe sous la couette. Du coup, pour s'assurer qu'on obéit à ses volontés, elle fait pression en assurant que si la copulation a lieu dans d'autres postures, cela donnera naissance à des enfants « contrefaits ou monstrueux[7] ». Comme vous pouvez le constater, on est toujours dans une bonne grosse ambiance. Bien évidemment, les historiens peinent encore aujourd'hui à savoir si les couples médiévaux respectaient vraiment les prescriptions mais, ce qui est certain, c'est que le missionnaire a connu son heure de gloire, et ça, pendant des siècles.

Il ne s'agit que d'une partie de l'histoire de l'humanité, mais beaucoup de ces croyances perdurent dans nos sociétés actuelles. Cela explique pourquoi notre vision du sexe est encore principalement fondée sur le concept de procréation : ce n'est que le résultat de nombreux siècles de censure du plaisir et de l'éducation sexuelle. On constate aussi que, dans les rapports sexuels hétéros, la domination masculine est un lourd héritage qui prend encore trop de place, dans la continuité d'un système viriarcal séculaire au sein duquel le plaisir féminin est nié. Quand on parle de domination masculine, attention cependant à ne pas tout confondre : le sexe étant une question de goûts (et de vécu), elle n'est pas reprochable quand elle est consentie et appréciée ; ce qui est dérangeant, c'est de la définir comme une norme dans nos rapports sexuels – *et sociaux*. Il ne faut pas confondre « baisse ta culotte, c'est moi qui pilote » – *beauf mais explicite* – et « mon genre dicte le plaisir et le fonctionnement de notre rapport sexuel ». On n'est plus au Moyen Âge.

LA POMME D'AMOUR

Réduire le sexe à la pénétration, c'est comme résumer une fête foraine à la pomme d'amour. Ça a l'air sympa, on a envie d'y goûter, ça nous fait de l'œil depuis le début. Une fois qu'on y a goûté, c'est bon, hein… mais rien de dingue. En plus, ça colle aux dents. On s'attendait à plus de sensations et de goût, on voulait quelque chose de plus intense et signifiant. Mais le problème des pommes d'amour, c'est leur brillance – *elles brillent encore plus que le crâne de Pascal Obispo !* On ne résiste pas à l'envie de croquer dedans, on y revient, et finalement, on n'est toujours pas supersatisfait. La pomme d'amour devenue l'incarnation même de la fête foraine, les gens seront choqués d'apprendre votre dégoût de cette sucrerie. Leur incompréhension vous fera douter de vos propres goûts. Et dans le doute, vous en goûterez une autre la prochaine fois que vous irez à la fête.

Tout comme la pomme d'amour, la pénétration vaginale est glorifiée. Pourtant, peu de femmes prennent du plaisir uniquement avec cette pratique : selon une enquête de l'Ifop sur la sexualité des Françaises, sur 82 % d'entre elles qui pratiquent souvent la pénétration vaginale, 26 % seulement atteignent « très facilement » l'orgasme avec cette pratique[8] – *tadaaam, on est sur du beau chiffre, là !* Pour revenir à mon image de la fête foraine, ne pensez-vous pas que d'autres attractions peuvent vous donner autant, voire plus de sensations qu'une simple pomme d'amour ? Quoi de plus magnifique qu'un manège coloré ou de plus sensationnel qu'un grand huit ? N'oublions pas les barbes à papa si sucrées qui pétillent dans la bouche ou les churros bien chauds auxquels on ne résiste pas. Quand on ne se limite pas à la pomme d'amour et qu'on s'enfonce un peu plus dans la fête, on remarque qu'il y a plus plaisant et plus goûteux.

Bien évidemment, il y a des femmes qui aiment la pénétration vaginale ; pour certaines, c'est même indispensable et fort en sensations. Tant mieux ! Mais pour d'autres, c'est bien plus compliqué. La pénétration vaginale peut parfois être synonyme de douleur, de souffrance physique, psychologique, ou juste de néant question plaisir. Pour être totalement honnête avec vous, j'ai moi-même souvent goûté à la pomme d'amour en espérant qu'elle m'apporte quelque chose. Mais non. Jamais. La pénétration vaginale était une étape que je redoutais à chaque rapport ; une fois qu'on y était, j'étais dans l'incompréhension, je ne ressentais ni plaisir ni excitation. J'attendais. C'est chiant, d'attendre. Et quand c'était terminé, j'étais soulagée. Je retrouvais mon souffle et mes idées ; je pouvais même retourner à ce que j'aimais, l'affection brute, celle qui se rythme par des baisers et des caresses. C'est ça que j'aimais ! À force de constater que la pénétration était pour moi un moment désagréable, je me suis concentrée sur ce qui me donnait du plaisir, ce dont je ne me lassais jamais, ce qui m'excitait, le grand huit qui me décoiffait et qui m'offrait enfin ce dont tout le monde parlait. La société les appelle les préliminaires, moi, j'appelle ça le sexe.

QUI PREND QUI ?

Symboliquement, la pénétration reste l'incarnation du rapport sexuel lui-même. C'est d'ailleurs souvent elle qui marque le début et la fin d'un acte sexuel – *ce qui joue en défaveur du plaisir des personnes à clitoris.* Ce triste raccourci relègue au rang inférieur toutes les formes de sexualité n'impliquant pas la pénétration d'un pénis dans un vagin, celles que l'on appelle plus communément les « préliminaires ». Si on s'amuse à chercher la définition du terme, on peut notamment lire : « Qui précède et prépare une chose plus importante[9] » Jugé comme accessoire ou optionnel, ce qu'on considère encore aujourd'hui comme des préliminaires est loin d'être estimé à sa juste valeur dans notre sexualité d'Occidentaux. Souvenez-vous, pendant un temps, Thierry Ardisson se demandait si « sucer, c'est tromper[10] » : même si c'était sur le ton de l'humour, la blague prouve combien la fellation, considérée comme un préliminaire, est peu estimée. Mais contrairement à ce que l'on pourrait croire, le sexe ne s'invite pas seulement sous nos draps : c'est d'ailleurs ça qui fait toute sa beauté, sa richesse et sa complexité. Si on veut s'épanouir sexuellement, il faut commencer par une chose : supprimer le mot « préliminaires », ou du moins changer sa définition.

Les préliminaires n'ont rien à voir avec les pratiques que notre société considère comme tels : pour schématiser, on estime que ce sont des actes optionnels, et on y case les pratiques buccales telles que le cunnilingus ou la fellation, ainsi que les caresses génitales censées avoir lieu avant le « rapport sexuel » afin de se stimuler mutuellement. On ne me demande pas forcément mon avis sur le sujet, mais je le donne quand même – *et toc !* Pourquoi considérer le cunnilingus comme optionnel alors que, pour certaines personnes, c'est ce qui constitue leur sexualité, voire la clé de leur plaisir ? Même question pour les caresses génitales, qui développent notre sensibilité et ont un impact direct sur notre état émotionnel. Si on devait donner le nom de « préliminaires » à quelque chose, ça serait à tout ce qui intervient avant et après l'acte sexuel. Des choses simples certes, mais qui font tout : un regard, un éclat de rire, une conversation ou le souffle chaud d'une

respiration. C'est cet ensemble d'actions sous-estimées qui forme le ciment d'une relation, et ce sont elles qui entretiennent le désir. Évidemment, c'est du sur-mesure. Nous ne sommes pas tous stimulés par les mêmes choses, mais l'idée reste la même. Il n'y a pas de règles, ces préliminaires peuvent s'inscrire sur le long terme comme être passagers, nous exciter toute la vie ou juste une nuit. Souvent, ce qu'il y a de plus simple et innocent révèle une puissance inouïe, un impact positif sur notre état émotionnel et notre sexualité. Pour moi, il n'y a que cette définition des préliminaires qui soit réaliste et acceptable.

Je ne peux m'empêcher de repenser à toutes les fois où, durant des conversations entre amis, nous nous sommes avoué aimer ou détester la pénétration vaginale.

Revoir notre conception de la sexualité en cessant de hiérarchiser les pratiques permettra peu à peu de modifier notre vision phallocentrée du sexe. Défaire cette construction sociale aux bases solides nous permettra de nous réapproprier notre sexualité et d'avancer vers des schémas plus réalistes – *et jouissifs*. Réinventer le langage peut aussi être décisif : puisque la pénétration vaginale est considérée comme essentielle, on en est venu à la définir comme la pratique par défaut quand on parle de « pénétration ». Le terme en lui-même révèle insensiblement un déséquilibre dans l'activité sexuelle, avec un dominant, l'actif, et un dominé, le passif. Du coup, en 2016, la philosophe féministe allemande Bini Adamczak a inventé un nouveau terme, la « circlusion » (le préfixe « cir » signifie « autour » et « clusion » est un dérivé de « clore ») : il désigne le fait d'entourer quelque chose, soit, dans le cas d'un acte sexuel, d'entourer un organe érectile (pénis, clitoris) avec la bouche, l'anus ou le vagin. Loin d'être anodin, ce changement de langage redonne à l'individu pénétré, donc considéré comme passif, un rôle actif.

Mais enfin Chéri, je l'ai juste sucé !

En écrivant ce chapitre, je ne peux m'empêcher de repenser à toutes les fois où, durant des conversations entre amis, nous nous sommes avoué aimer ou détester la pénétration vaginale. Je revois le regard souvent ébahi de mes amis dotés d'un pénis, comme si, pour la deuxième fois, on leur annonçait que le Père Noël n'existe pas. Je ne peux m'empêcher de compatir quand je lis des milliers de messages de personnes me confiant ne rien ressentir et baigner dans l'incompréhension quant à l'engouement pour la pénétration vaginale. Pour l'avoir vécu, je connais ce sentiment de solitude qui s'alourdit avec les années. C'est d'ailleurs là que l'on comprend réellement le problème : en uniformisant notre représentation de l'acte sexuel, on instaure une forme de normalité excluant tout individu qui ne s'y retrouve pas. La clé – *rien à voir avec* Fort Boyard –, c'est de comprendre qu'il n'y a pas de normalité dans la sexualité. Le sexe, c'est bien, avec ou sans paillettes – *Kévin !*

1. *Brûlée vive*, de Souad, publié chez Oh ! Éditions en 2003.

2. « Une Française a vendu sa virginité pour 1,2 million d'euros », article de Frédéric Pereira publié sur *Fredzone* le 3 mai 2018.

3. « La production et la diffusion du registre des lettres de Grégoire le Grand », de Bruno Judic, dans *Actes des congrès de la Société des historiens médiévistes de l'enseignement supérieur public. Les échanges culturels au Moyen Âge*, disponible sur Persee.fr.

4. *Une histoire des sexualités*, sous la direction de Sylvie Steinberg, Presses universitaires de France, 2018, p. 104.

5. *Ibid.*, p. 184.

6. *Ibid.*, p. 110.

7. *Ibid.*, p. 111.

8. « Les Françaises et l'orgasme », étude Ifop de novembre 2014.

9. Définition de Linternaute.com.

10. Interviews « Alerte rose » de Thierry Ardisson dans l'émission *Tout le monde en parle.*

RENDEZ-VOUS EN TERRE DES COCUS

« Mel, assieds-toi faut qu'j'te parle… »

Diam's & Vitaa, « Confessions nocturnes ».

Nombreux sont les cocus qui ont fait l'histoire : on ne cite plus Napoléon, trompé par Joséphine qui s'amusait avec un jeune officier tandis qu'il partait à la guerre, ou Jackie Kennedy, qui ne pouvait nier que son John en pinçait pour Marilyn Monroe. En effet, si le ciel est rempli d'amants fidèles (comme les albatros, les tourterelles, les pygargues à tête blanche ou les cygnes), la terre, elle, est bien plus diverse en la matière.

La fidélité est un concept promu depuis longtemps par la religion et dans de nombreuses cultures. Elle s'est peu à peu imposée, telle une morale figée, en tant qu'outil de maintien de l'ordre social. On la présente comme inhérente à la nature humaine, et pourtant, il n'existe aucune démonstration scientifique prouvant que ce soit le cas – *n'en faites pas pour autant un argument pour vous justifier d'une tromperie !*

Certains d'entre nous vivent pourtant mal la monogamie, et des petits malins y ont d'ailleurs flairé un bon filon. C'est notamment le cas de l'application Gleeden, un site de rencontres extraconjugales qui excelle dans l'art de la tromperie avec ses plus de 8 millions de membres. L'application ne cesse d'innover pour tenir sa promesse : messages dissimulés, notifications détournées, profils secrets, etc. On pourrait se poser la question de l'éthique, mais le succès que le site rencontre en soulève d'autres : est-ce que l'infidélité relève juste du fantasme érotique, ou bien révèle-t-elle un manque d'épanouissement dans le modèle du couple exclusif tel qu'on le connaît ? *Peut-être aurai-je un jour la réponse !*

Si le modèle traditionnel du couple peut très bien convenir à certains, d'autres ont en effet décidé de le réinventer et de l'assumer pleinement. Depuis quelques années, on entend de plus en plus parler de

« polyamour » ou de « couple libre », deux notions distinctes mais trop souvent confondues. Le polyamour, à ne pas confondre avec la polygamie, consiste à entretenir plusieurs relations amoureuses à la fois. Autrement dit, les personnes polyamoureuses ne condamnent pas le modèle traditionnel du couple, mais ne souhaitent pas s'y enfermer. Le couple libre présente un tout autre fonctionnement : contrairement au polyamour, la notion de couple est là le noyau même de la relation, mais chacun y est libre d'élargir ses expériences sexuelles et/ou émotionnelles, sous certaines conditions. Les règles peuvent varier d'un couple libre à l'autre, mais tous doivent s'assurer que les deux parties sont bien consentantes, ce qui nécessite une bonne communication et des échanges sincères – *c'est ce qui permet de maintenir un certain équilibre !*

Même si on en fait tout un fromage, le couple libre n'a rien de récent – *eh oui, les humains n'ont pas attendu le XXIe siècle pour le créer !* Déjà au XVIe siècle, la reine Margot, contrainte d'épouser Henri de Navarre, voulait être plus libre dans sa vie sexuelle et affective. Les deux époux ne s'aimaient pas, mais ne se détestaient pas non plus, alors ils ont fini par se mettre d'accord sur la nature de leur relation : ils avaient tous les deux le droit d'aller voir ailleurs, à condition que Margot ne tombe pas enceinte ! Autant vous dire que les deux coquins ont bien profité de cet accord, jusqu'au jour de leur divorce pour des raisons politiques.

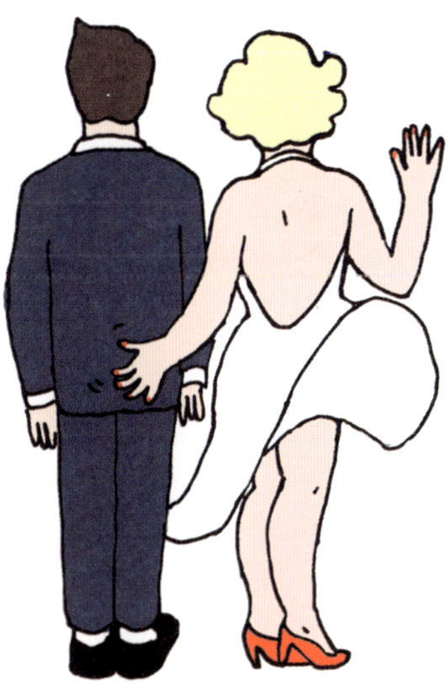

"We are très bons amis !"

Avec cet exemple, on comprend bien qu'il n'y a rien d'innovant dans le modèle du couple libre, mais que c'est la libération de la parole autour de ce phénomène qui est moderne. On peut espérer que si nous apprenons à mieux comprendre nos besoins affectifs et à mieux communiquer, la morale évoluera, laissant ainsi chacun vivre comme bon lui semble – *dab.*

Le plaisir, c'est plaisant !

Enfant, je ne supportais pas l'ennui. Je n'avais pas conscience qu'il me rendait plus créative et plus curieuse. C'est beau, la curiosité, ça invite à l'exploration ; elle tire un trait sur les peurs et nous emmène parfois là où l'envie nous appelle. Comme pour évaluer la grandeur du monde, j'ai un jour, durant mon adolescence, visité mon intimité – *ironique, pour quelqu'un qui ne savait pas quoi faire de ses dix doigts.* Même si je l'avais déjà vue et que j'avais plus ou moins compris à quoi elle servait, c'est à ce moment-là que j'ai appris à faire connaissance avec ma chère vulve ; comme un cadeau, l'emballage est charmant, mais cache le clou du spectacle. À partir de ce jour-là, l'ennui n'a plus eu la même couleur : il s'est transformé en occasion de renouveler l'expérience et, au fil du temps, de recommencer encore et encore – *parfois, même, des cases de mon agenda lui étaient entièrement dédiées.*

DE QUEL DOIGT JE ME CHAUFFE ?

> *L'exploration, la communication et l'apprentissage sont le meilleur moyen de se connaître.*

Apprendre à se connaître est un travail à temps plein qui dure toute une vie. Le plaisir, comme les fantasmes, évolue avec le temps ; il faut donc s'intéresser constamment à ses envies et son désir – *il y a pire, comme devoirs à la maison !* Si on néglige cette question, comment espérer que quelqu'un nous procure du plaisir alors qu'on n'y arrive pas par soi-même ? La responsabilité de notre plaisir repose encore trop souvent sur les épaules de notre partenaire. Mais si on ne communique pas avec lui ou elle, c'est comme si on ajoutait des serrures sur la porte menant à l'épanouissement sexuel et qu'on lui disait : « Bah vas-y, ouvre ! » L'exploration, la communication et l'apprentissage sont le meilleur moyen de se connaître : c'est là qu'intervient – *bibbidi-bobbidi-boo* – la masturbation. L'onanisme consiste à provoquer, sur soi-même ou un(e) partenaire, une sensation de plaisir sexuel ; cela peut se faire par des contacts manuels ou à l'aide d'objets.

LES GRANDES DÉCOUVERTES

Si on découvre les plaisirs de la masturbation vers l'adolescence, le travail d'éveil sexuel peut commencer dès… la naissance ! C'est un sujet tabou dont on parle peu, mais de nombreux enfants explorent leur corps et leur intimité.
Bien évidemment, il ne faut pas assimiler ça à la masturbation telle que la pratiquerait un adulte ! Il s'agit là d'un éveil sensoriel qui n'a rien d'anormal : c'est en touchant ses zones intimes que l'enfant développe sa sensibilité. Il ne faut alors pas lui faire peur ou le culpabiliser ; le mieux, c'est d'en profiter pour lui inculquer la notion d'intimité.

La branlette a longtemps été jugée taboue et immorale. Au XVIIIe siècle, pourtant qualifié de « Siècle des Lumières », la lutte contre la masturbation, qui est alors un crime, est féroce : un climat répressif règne – *certains n'auraient pas fait long feu, à l'époque.* Si elle est réprouvée, c'est surtout parce qu'on pense qu'elle invite à se détourner de la sexualité considérée comme légitime, autrement dit de la procréation. Même la littérature médicale s'empare du sujet : le médecin suisse Samuel Auguste Tissot publie un ouvrage sur les méfaits de la masturbation[1]. Il affirme qu'elle « produit chez les femmes les mêmes désordres que chez les hommes ; elles deviennent hystériques ; elles sont sujettes à des jaunisses incurables […]. La maigreur du visage, le teint plombé, la rudesse de la peau sont les signes visibles de cette habitude ». Il assure même que chez ceux qui pratiquent la masturbation, « les facultés intellectuelles s'affaiblissent, les malades tombent dans une légère démence, […] les forces du corps manquent entièrement » – *rien que ça !* Il précise enfin qu'il a connu un homme devenu sourd à la suite d'un gros rhume mal soigné et qui, « quand il avait une pollution nocturne, […] était beaucoup plus sourd le lendemain »… Début d'une rumeur qui a traversé les siècles : la masturbation rendrait sourd !

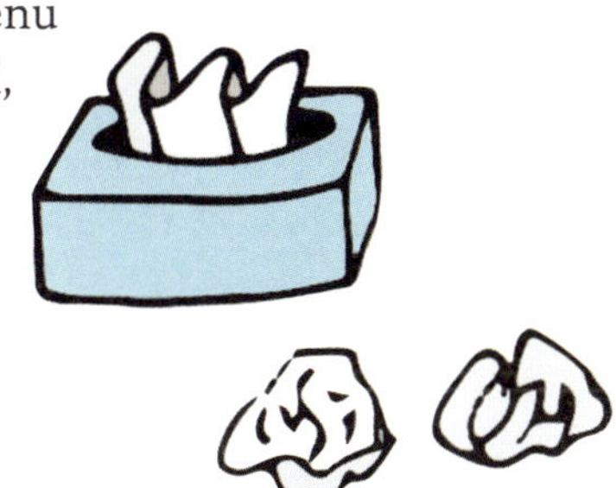

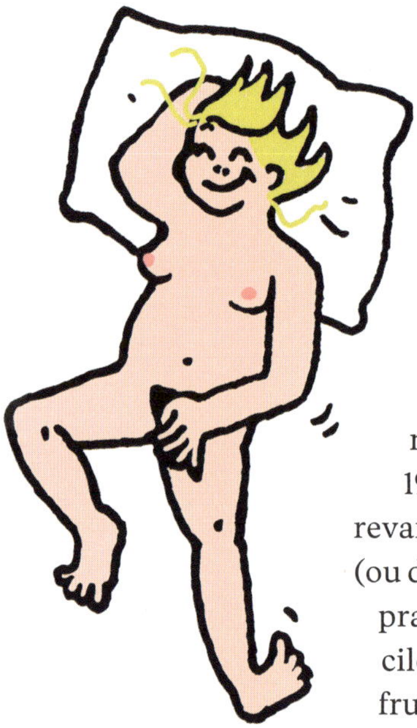

Dans notre société actuelle, elle est encore souvent considérée comme honteuse, et les Français la condamnent autant qu'ils la pratiquent. Selon l'étude « Les Françaises et la masturbation dans le couple : la fin d'un tabou ? » menée en 2017 par l'Ifop pour le-plaisir-feminin.com, en l'espace de cinquante ans, la proportion des femmes admettant s'être livrées à la masturbation a quand même été multipliée par quatre : à peine 19 % en 1970, contre 74 % en 2017. *C'est pas beau, ça ?* En revanche, elle reste plus répandue chez les hommes (ou du moins ils l'assument mieux), qui sont 95 % à la pratiquer. Il faut dire qu'il y a de quoi aimer ça ! Facilement présentée comme la manifestation d'une frustration ou d'un dysfonctionnement, la masturbation n'est en réalité rien d'autre qu'un moment à soi. Cette confidence à soi-même, c'est même quelque chose de très sain ; on se révèle en entrant en contact avec son intimité à mesure qu'on la pratique, qu'on s'écoute et qu'on se conforte dans ce qu'on aime. Quels que soient le genre et la sexualité, quand on se masturbe, on détient la clé du plaisir ; c'est là que se dégage une forme de puissance, d'*empowerment* et d'indépendance. Qu'importe la façon de s'y prendre, c'est l'envie qui dicte sa loi : on part à la recherche de la meilleure vidéo, du livre le plus immersif, des photos les plus excitantes, des souvenirs les plus marquants, des odeurs les plus signifiantes pour accompagner son plaisir. Certains jours sont dédiés à la routine, alors que d'autres demandent plus d'imagination, une mise en scène plus poussée.

Facilement présentée comme la manifestation d'une frustration ou d'un dysfonctionnement, la masturbation n'est en réalité rien d'autre qu'un moment à soi.

C'est une parenthèse pendant laquelle on se confie à soi-même, on s'écoute, on s'obéit… Tout ça pour s'aimer encore et encore !

Lorsqu'on se caresse ou se masturbe, différentes choses se passent. Commencer par se caresser éveille les sens et accentue la sensibilité de la peau. Quand on en arrive à explorer son intimité, voire à se masturber, on devient sensible aux pratiques qui nous font le plus de bien et, dans certains cas, cela peut mener à l'orgasme !

UN POUR TOUS, TOUS POUR UN !

Généralement considérée comme une pratique solitaire, la masturbation est le meilleur moyen de se faire plaisir, alors autant en profiter à plusieurs ! On a tendance à croire que la masturbation et le sexe sont deux activités distinctes, or ce n'est pas le cas. C'est là qu'il est important de communiquer avec son ou sa partenaire : n'hésitez pas à vous masturber durant un rapport, ou à masturber l'autre, ou encore à lui montrer ce que vous aimez. En route pour le plaisir !

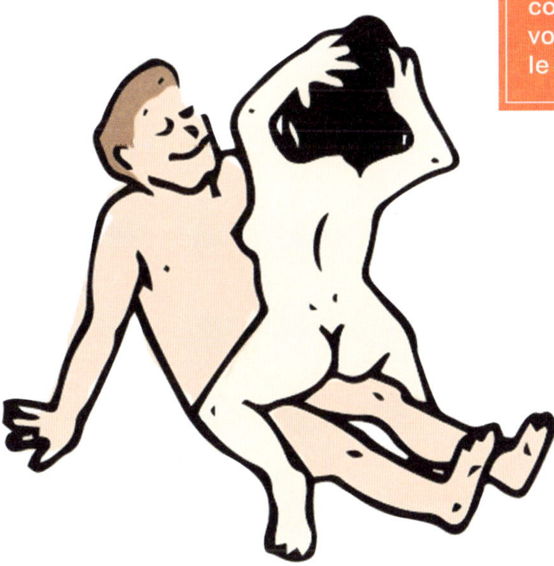

« OH OUI, OH C'EST BON, OH OUI ENCORE, OH JE… ZZZZZZZZZZZ »

« Quand il est question de sexe, on se prend le cul, pas la tête ! » affirmait Samantha dans *Sex and the City*. Avec le recul, cette série et sa vision du sexe peuvent parfois paraître contestables, mais il faut admettre qu'elle nous a bien régalés. Samantha adore parler de sa vie sexuelle avec un cosmopolitan à la main. Dans presque tous les épisodes, elle raconte ses péripéties à ses amies, jamais sans humour et toujours avec une petite pointe de prétention – toute personne ayant vu la série sait la place importante que tiennent l'orgasme et la jouissance dans la vie de Samantha. Pourquoi l'orgasme est-il l'objet d'un tel culte ? Parce que, au-delà des sensations fortes et agréables qu'il procure, il entretient un idéal sexuel qui fait rêver.

L'orgasme est une mécanique qui procure du plaisir – *plutôt sympa, comme concept*. Encore aujourd'hui, il est difficile de le définir, car les chercheurs ne sont pas tout à fait d'accord sur le sujet ; ils parlent souvent de « pic du plaisir sexuel », or il est tout à fait possible d'avoir des orgasmes tellement intenses qu'ils deviennent désagréables. S'il est compliqué à définir, c'est parce qu'il n'est pas perçu de la même manière d'une personne à l'autre. Tenons-nous-en à l'explication la plus classique : on pourrait dire que ça correspond au climax de la réponse sexuelle – *voilà, je vous laisse avec ça, vous en faites ce que vous voulez*. Une chose est certaine : quand on en a un, on s'en souvient, car il ne fait pas les choses à moitié : le pouls augmente, la respiration accélère et la pression artérielle s'accroît. Il se fait remarquer en bousculant tout notre corps – *une vraie diva !* Il me semble tout de même important de préciser qu'il est possible de ne jamais avoir d'orgasmes, ou très peu… ce n'est pas grave !

VOCACULAIRE

Faisons bien la différence entre orgasme et jouissance ! Même s'il est fréquent de les confondre, il s'agit de deux choses distinctes : jouir, c'est prendre du plaisir de manière globale, c'est un état émotionnel agréable qui peut très bien se manifester sans orgasme. Un orgasme est quant à lui une mécanique qui répond à un fonctionnement particulier ; on peut très bien avoir un orgasme sans jouir, donc sans prendre de plaisir, ou dans un contexte désagréable, par exemple.

Mais on a donc centré notre sexualité sur l'orgasme et défini la notion de plaisir en fonction de lui ; on estime qu'un rapport où l'on a pris du plaisir est forcément un rapport avec orgasme. Du coup, il s'est peu à peu transformé en objectif à atteindre, celui qui atteste notre épanouissement sexuel : c'est devenu le challenge du cul. L'orgasme est cette ligne d'arrivée qu'il faut franchir pour avoir le sentiment de finir la course : « C'est bon, t'as joui ?

Ah super ! Bon bah, bonne nuit ! » À se focaliser sur cet objectif, on devient spectateur et non plus acteur de ce qui se passe. On est absent de l'échange et du partage avec l'autre. C'est bien beau de viser le sommet de la montagne, mais ça n'a de valeur que si l'on sait profiter de la vue tout au long du voyage – *proverbe quechua.*

Comme pour tout le reste dans notre société, nous avons placé l'activité sexuelle dans un rapport de compétitivité : puisqu'on n'arrête pas de dire que l'épanouissement d'un couple se mesure à la fréquence de ses rapports et de ses orgasmes, il est facile de culpabiliser si on ne se reconnaît pas dans ce schéma. On aime nous faire croire que seul l'orgasme atteste la qualité du sexe – *balivernes !* C'est alors qu'il exerce une pression empoisonnant toute forme de sexualité. Cette pression est telle qu'on en arrive à baiser pour (se) prouver quelque chose. À trop penser, on passe à côté de ce qui se fait dans l'instant, et on se focalise sur ce qui manque. On se crispe à l'idée de décevoir, tout en oubliant que cette pression n'est que le produit d'un environnement social toxique qui ne reflète pas la réalité du sexe – *pour résumer, c'est une mentalité à la con.*

Bien qu'il soit ancré dans notre culture, le « mauvais coup » n'existe pas vraiment.

Cette pression de l'orgasme, elle est un peu partout, que ce soit dans la pornographie, dans nos lectures, dans l'art, sur les réseaux sociaux, dans nos conversations quotidiennes, etc. À force d'en entendre parler, elle se forge une place bien au chaud dans l'inconscient collectif. Soudain émerge une peur venant hanter notre sexualité : être un « mauvais coup ». Même quand on n'y revient pas, on espère rester dans la mémoire de chacun de ses partenaires comme le meilleur coup de sa vie, comme s'il ou elle allait le crier sur tous les toits – *au mieux, il ou elle en parlera à ses proches, mais ça ne vous vaudra pas la une de* Voici.

OYEZ ! OYEZ !
Kévin est le coup de l'année !

Et, bien qu'il soit ancré dans notre culture, le « mauvais coup » n'existe pas vraiment. En réalité, il s'agit juste d'avoir, ou pas, une alchimie sexuelle avec quelqu'un – nos goûts en matière de sexualité sont une affaire personnelle, résultat de notre parcours, de nos influences, de nos traumatismes et de notre construction sociale. Forcément, on a plus ou moins de chances, au cours de sa vie, de rencontrer une personne partageant la même vision du sexe et les mêmes envies. Vous êtes probablement le meilleur coup de quelqu'un, comme le plus mauvais de quelqu'un d'autre, mais ça n'a aucune importance quand on comprend qu'il n'y a pas d'éléments de comparaison, tout simplement parce qu'il n'y a pas de bonne manière de « faire du sexe ». Pour revenir à l'exemple de Samantha, on pourrait penser que c'est innocent, mais c'est un fait : la simple discussion cul entre potes a un véritable impact social. C'est comme ça qu'on se met à mesurer l'intensité de sa vie sexuelle, qu'on en vient à se rassurer ou à complexer. C'est un peu le concours de « qui a la plus grosse », mais version activité sexuelle. Et c'est ainsi qu'une expérience qu'on a trouvée certes sympa, mais qui ne cassait pas non plus trois pattes à un canard, devient soudainement « le meilleur coup de ma vie ! Ah si si, je te jure, dingue ! Ah mais bien sûr que j'ai joui » !

Si vous vous reconnaissez là-dedans, pas de panique. Mentir pour se rassurer n'est pas grave, c'est même un phénomène très courant. D'ailleurs, je vais peut-être casser un mythe, mais je balance #yolo : tout le monde simule, peu importe le genre, l'âge et le milieu ; c'est un phénomène courant et compréhensible qui concerne une majorité de personnes – *à l'exception peut-être de ceux (souvent du genre masculin) qui commentent mes vidéos en affirmant que « désolé, moi, ça ne me concerne pas, c'est pas parce que ta vie sexuelle est triste que tu dois mettre tout le monde dans le même panier » !* Alors oui, peut-être que vous pensez que ça ne vous concerne pas, mais ça ne fait pas de la simulation un fantasme.

En 2019, l'Ifop a mené une enquête sur l'épanouissement sexuel pour le site Online Séduction : d'après cette étude, deux femmes sur trois simulent l'orgasme – *j'imagine que la troisième doit chaque fois être en couple avec un des haters commentant mes contenus !* Bien des personnes préfèrent en effet simuler le plaisir pour ne pas vexer l'autre. Ce n'est pas condamnable, c'est même plutôt logique quand on connaît la place qu'occupent l'orgasme et le plaisir sexuel dans notre société. D'après cette même étude, les femmes hétérosexuelles de moins de 30 ans pratiquent la simulation car elles ne souhaitent pas blesser les hommes dans leur estime – on comprend alors que l'entretien du relationnel prime sur l'épanouissement personnel. On ne peut pas nier la bienveillance de la démarche, mais ce n'est pas idéal sur le long terme, que ce soit pour l'autre ou pour soi-même. La simulation épargne les longs discours, certes, mais elle enferme dans une illusion qui n'est bénéfique pour personne. C'est là que la communication prend toute son importance et qu'on voit combien il est important de bien se connaître : comment fonctionne mon plaisir ? Comment est-ce que j'aime ça ?

ENVIE D'AVOIR ENVIE !

Merci, Johnny. Comprendre qu'il n'existe pas une bonne manière de « faire du sexe » est essentiel pour se libérer des injonctions et de la pression qui nous assomment au quotidien. Il existe bien des mécanismes biologiques qui permettent de stimuler certaines zones du corps, mais le sexe, ce n'est bon qu'à partir du moment où on le pratique comme on en a envie. Et pour savoir si ça convient à l'autre, il n'y a qu'une chose à faire : communiquer !

Si l'orgasme est omniprésent dans notre société – *et dans ce chapitre* –, cela ne fait pas de lui une nécessité. L'épanouissement sexuel est une notion bien plus large, qui ne se réduit pas à lui. Oubliez les injonctions, les mentalités destructrices et le poids des pressions invisibles : la seule vérité qui compte, c'est la vôtre, mais cela demande de vous questionner sur vous-même et de

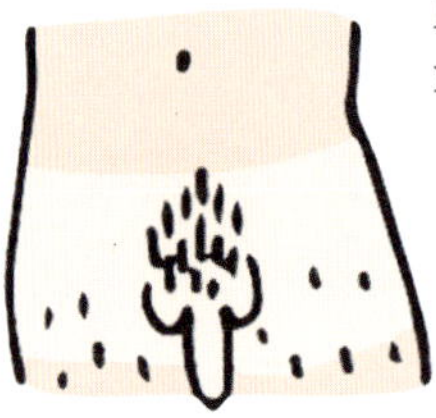

prendre du recul, ce qui n'est pas toujours facile. Et au risque de me répéter, l'orgasme n'est pas une finalité en soi ; il est tout à fait possible d'être épanoui sans. Le gâteau au chocolat, c'est bon avec de la crème anglaise, mais on se régale tout autant sans – *oui, j'adore les métaphores culinaires.*

L'orgasme et la jouissance libèrent différentes hormones, dont une qu'on ne se lasse pas de célébrer : l'ocytocine. Vous en avez sûrement déjà entendu parler : c'est « l'hormone de l'amour » ou « l'hormone du plaisir ». Elle se ramène à toutes les bonnes occasions : on peut en sécréter grâce à un mot doux, un câlin, une conversation, un baiser, un rapport sexuel, un regard, une caresse... en gros, toutes les formes d'affection qui apportent une sensation de bonheur et de confiance. Contrairement aux idées reçues, elle ne s'active pas que dans le cadre d'une relation amoureuse ; elle est aussi très présente durant la grossesse. C'est elle qui participe au développement du fœtus et aide la future mère à calmer son anxiété. Le jour de l'accouchement, c'est encore elle qui provoque les contractions, puis elle favorise l'allaitement et le développement du lien affectif entre la mère et l'enfant – *comme dirait Jean-Marc Généreux : « J'achète ! »*

Une question se pose donc : pourquoi les médecins ne nous prescrivent-ils pas plus de masturbation ?

L'orgasme et la jouissance libèrent aussi des endorphines, qui soulagent certains maux comme les migraines et les douleurs menstruelles – *c'est comme un Doliprane, mais en mieux.* Jouir régulièrement (je parle bien de l'état de jouissance, et pas forcément de l'orgasme) réduit le stress au quotidien et diminue les risques de maladies cardio-vasculaires. Une question se pose donc : pourquoi les médecins ne nous prescrivent-ils pas plus de masturbation ? Ça serait quand même bien plus sympa ! Notamment quand on pense que, d'après plusieurs études récentes, la jouissance et l'orgasme aident à réduire les risques de cancer du sein ou de la prostate... Mais ce n'est valable qu'en cas d'activité régulière – *pour celles et ceux qui en ont envie, vous savez ce qu'il vous reste à faire !*

En matière de ressentis, il existe une différence entre les personnes à pénis et celles à vulve. Chez les premières, les sensations se ressentent au niveau du pénis, alors que chez les secondes, elles se propagent dans tout le corps. Autre différence, et pas des moindres : contrairement au pénis, le clitoris peut enchaîner les orgasmes si on continue à le stimuler – *chers pénis, ne soyez pas jaloux, même s'il y a de quoi !*

CLIT, CLIT, CLIT, HOURRA !

« Nous sommes en 2000 après Jésus-Christ. Toute l'anatomie de la vulve est connue... Toute ? Non ! Un petit organe nommé clitoris résiste encore et toujours à la science. »

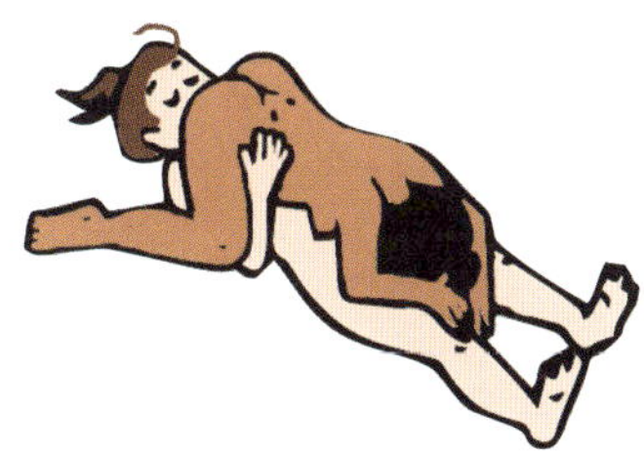

Aujourd'hui, on entend son nom un peu partout, on voit même parfois sa forme sur des affiches, sur les réseaux sociaux ou dans les magazines. On sait qu'il est important et qu'il nous fait du bien, sans pour autant véritablement connaître sa fonction. Posons donc la question : qui es-tu, clitoris ?

Le clitoris, c'est comme un pote que vous avez peut-être rencontré par hasard et qui a changé votre vie : au départ, il n'avait l'air de rien, mais aujourd'hui il fait partie de vos meilleurs souvenirs et est toujours là dans les bons moments. Ce qui fait sa particularité, c'est que si vous apprenez à le connaître, il vous le rendra au centuple, et ce, pour toujours. Anatomiquement, c'est un organe qui cache bien son jeu. À première vue, il ressemble à un petit bouton rose situé juste au-dessus du méat urinaire, à la jonction des petites lèvres :

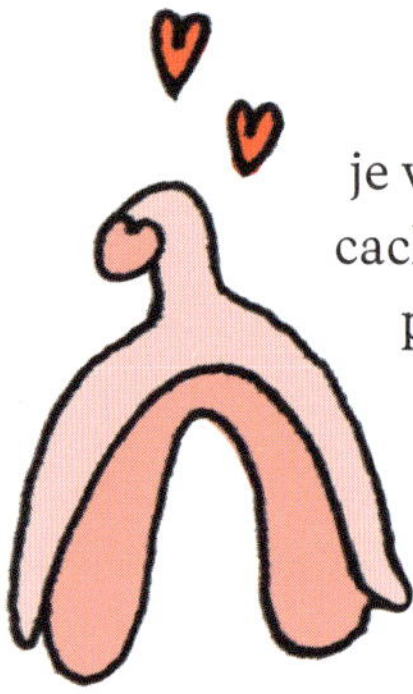

je vous présente le gland du clitoris ! Parfois il fait le timide et se cache sous les lèvres. Chez d'autres personnes, il n'a pas peur de pointer le bout de son nez et est bien plus apparent. Dans tous les cas, il n'a pas de taille idéale : le gland, recouvert d'un capuchon, peut mesurer entre 2 mm et 1 cm de long. Quand je vous dis que le clitoris cache bien son jeu, c'est notamment parce que c'est un organe iceberg : il se prolonge en interne en formant un Y inversé de 12 à 15 cm environ, ses deux branches ou piliers longeant les os du bassin. Ce qui fait sa force, c'est sa sensibilité : il réunit pas moins de 8 000 terminaisons nerveuses ! C'est à peu près la même chose que chez le gland du pénis, sauf qu'elles sont rassemblées sur une zone bien plus petite, ce qui fait que leur concentration est nettement plus élevée.

En plus de leur sensibilité, on trouve d'autres points communs entre le pénis et le clitoris – *déjà, ça rime, mais c'est pas dingue, comme point commun* : la tête du pénis, c'est en fait la même chose que le bouton du clitoris, raison pour laquelle ils partagent le nom de « gland ». Ils apprécient aussi tous les deux la chaleur et la pression ; si vous n'en abusez pas, ils vous montreront comme ils aiment ça – *d'où le conseil de boire un thé chaud avant une fellation ou un cunnilingus, mais le but n'est pas non plus qu'ils se retrouvent au milieu des flammes de l'enfer.* Autre point commun : l'érection. En effet, tout comme les corps caverneux du pénis se gorgent de sang et se durcissent pendant l'érection, le complexe clitoridien, quand il est excité, gonfle jusqu'à doubler de volume ! Si l'érection du pénis est plus flagrante, ça ne veut pas dire que celle du clitoris est inexistante. Dans les années 1970,

CLHISTORIQUE !

Le saviez-vous ? En 1740, le médecin de l'archiduchesse Marie-Thérèse d'Autriche recommandait que « la vulve de Sa Très Sainte Majesté soit titillée avant le coït[2] ». Une déclaration improbable pour l'époque, qui a fait couler de l'encre !

une étude menée par l'université de Floride[3] a permis de découvrir que les femmes ont presque autant d'érections nocturnes que les hommes – *est-ce qu'une personne dotée d'un clitoris peut aussi se lever avec la gaule du matin ? Oui, absolument !*

> On découvre aujourd'hui que d'autres mammifères, comme le dauphin, sont aussi dotés d'un clitoris – *maintenant je sais que vous y penserez chaque fois que vous regarderez des cartes postales avec des dauphins.*

Si le clitoris fascine autant, c'est parce qu'il s'agit du seul et unique organe dédié au plaisir. Pourtant, il ne fait pas partie de nos manuels d'éducation sexuelle, et il est encore trop peu considéré dans nos pratiques. Alors que quand on apprend à le connaître, on comprend mieux pourquoi on prend plus ou moins de plaisir avec une stimulation interne – par pénétration vaginale – ou externe : le clitoris intervient dans les deux cas.

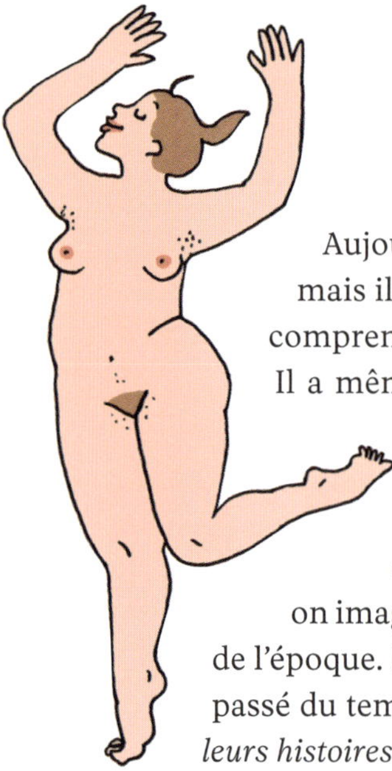

Aujourd'hui les choses changent, on parle du clitoris, mais il a longtemps été sous-estimé, au prétexte qu'on ne le comprenait pas. Le clitoris, c'est un peu le vilain petit canard. Il a même été méprisé, maltraité et persécuté, parce que sa fonction (donner du plaisir) n'était pas considérée comme noble. Quand on sait que le plaisir des femmes n'était pas au centre des préoccupations durant une large période de l'histoire de l'humanité, on imagine qu'il n'a pas été une priorité pour les scientifiques de l'époque. Fort heureusement, des personnes bienveillantes ont passé du temps à le défendre et à essayer de le comprendre. *Voici leurs histoires – TIN TIN !*

> Si le clitoris dérange, c'est peut-être parce qu'il ne concerne que la moitié de l'humanité. La preuve, au Moyen Âge, on le surnommait le « mépris de l'homme », car il n'avait pas d'égal masculin. On est d'accord, ça sent un peu le seum, non ?

Remontons quatre cents ans avant Jésus-Christ. Hippocrate surnomme le clitoris « le serviteur de ces dames » et affirme qu'il joue un rôle décisif dans le plaisir (*oui*), et que le plaisir est indispensable pour concevoir (*non*). Il considère donc que l'organe joue un rôle primordial dans la reproduction. À partir de là, ça commence à partir un peu dans tous les sens, car le clitoris reste incompris et méprisé, tandis que la religion censure toute forme de plaisir sexuel. Durant la Renaissance, on pratique de plus en plus fréquemment la dissection humaine, ce qui amène à de nouvelles découvertes et interrogations sur la vulve. Au XVIe siècle, André Vésale, anatomiste et médecin, affirme que le clitoris est une malformation génitale, ce qui légitime la pratique de l'excision à travers l'Europe – *cimer, André*. À la même époque, Matteo Realdo Colombo, médecin italien, est l'un des premiers à disséquer l'organe et le qualifie de « siège du plaisir de la femme ». C'est une bonne nouvelle car, pour la première fois, on lui offre une vraie petite place dans la littérature médicale. Ça l'est encore

plus quand on sait que c'est ce qui remettra en question la pratique de l'excision à l'époque. Il y a aussi des héros oubliés dans l'histoire du clitoris, comme le Français Jean Riolan, qui au XVIIe siècle, déplore le peu d'intérêt que porte la science aux organes génitaux féminins et qui dénonce : « La vraie histoire des parties génitales de la femme n'a jusqu'à présent jamais été bien connue et a toujours été traitée par les anatomistes avec beaucoup de négligence et fort peu de fidélité.[3] » *BIM ! Drop the mic !* Dans son livre *Antropographia*, il qualifie le clitoris de « verge de la femme » où le « feu d'amour s'allume fort sensiblement »... C'est un peu long mais, avouons-le, ça en jette.

On ne peut pas avancer dans le temps sans parler de notre pote Sigmund Freud. En 1905, le psychologue expose sa théorie selon laquelle le plaisir clitoridien appartient aux jeunes filles, au monde de l'enfance, et est quelque chose d'immature. Pour lui, le plaisir de la femme doit être vaginal ; seul le plaisir provoqué par la pénétration est acceptable pour les femmes adultes et, si elles aiment se toucher le clitoris, elles doivent consulter un psy de toute urgence. Freud a tellement d'influence qu'il va être à l'origine d'une nouvelle vision de la sexualité des femmes, bien évidemment faussée. Si, aujourd'hui encore, on nous demande : « Tu es plus clitoridienne ou vaginale? », clairement, ça vient de là. Le clito ne te félicite pas, Sigmund. Le clitoris est tellement sous-estimé qu'il finit carrément par disparaître des livres de médecine, notamment du célèbre *Gray's Anatomy – le jour où je l'ai découvert, j'ai réalisé que je n'avais jamais compris le jeu de mots de la série.*

Le clitoris est tellement sous-estimé qu'il finit carrément par disparaître des livres de médecine.

Une révolution silencieuse se prépare cependant dans les années 1960 aux États-Unis, à l'université de Washington, avec le gynécologue William Masters et sa collègue Virginia E. Johnson. Ils mènent des recherches dont le but est de comprendre et découvrir le fonctionnement réel du clitoris. Ils s'amusent ainsi à créer un pénis en plastique doté d'une caméra pour pouvoir observer l'intérieur d'un vagin pendant l'orgasme. À la suite de leurs expériences, ils concluent que le clitoris joue un rôle central dans la mécanique orgasmique – *alléluia !* En 1998, l'urologue australienne Helen O'Connell change à jamais nos vies et l'évolution de la médecine : grâce à ses travaux, l'humanité a à sa disposition, pour la première fois de son histoire, un schéma complet et correct du clitoris. Ironiquement, c'est la même année qu'est commercialisé pour la première fois le Viagra – si jamais vous avez besoin d'un exemple de « médecine à deux vitesses », en voilà un très explicite.

« Les mutilations sexuelles féminines recouvrent toutes les interventions aboutissant à une ablation partielle ou totale des organes génitaux externes de la femme ou autres lésions des organes génitaux féminins pratiquées à des fins non thérapeutiques. » Organisation mondiale de la santé.

Si l'excision est une pratique ancestrale, elle est malheureusement toujours d'actualité dans de nombreux pays. D'après le rapport *Excision et mutilations génitales féminines* de l'Unicef, une excision est pratiquée sur une petite fille toutes les quatre minutes à travers le monde. Cette pratique perdure dans certaines communautés, sous la pression sociale, pour des raisons religieuses ou dans le cadre de rituels. Les mutilations sexuelles féminines n'apportent aucun bienfait pour la santé et présentent au contraire un danger, provoquant des conséquences à la fois physiques et psychologiques. La France compte près de 60 000 femmes excisées.

TÂTE-MOI LA PROSTATE

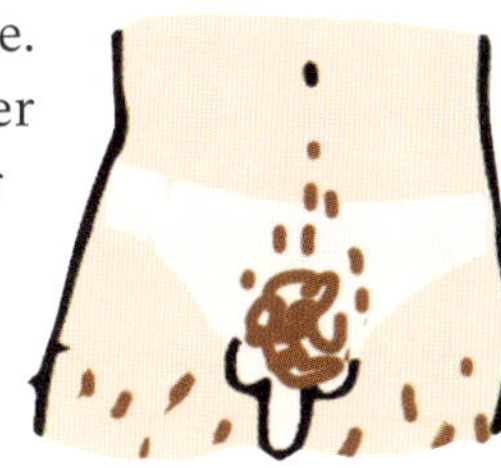

L'anatomie masculine a elle aussi une pochette surprise. Comme pour la grotte de Lascaux, il faut parfois creuser dans les sombres profondeurs pour trouver un trésor enfoui. C'est le cas pour la prostate ! Laissez-moi vous la présenter : la dame est une petite glande pesant une vingtaine de grammes qui repose entre la vessie et le rectum – *enfin… elle n'a pas vraiment le temps de se reposer.* En effet, c'est une vraie usine à liquide séminal ! En gros, c'est elle le *big boss* du *game*, mais on entend plus souvent parler d'elle à cause du cancer qui touche de nombreux hommes autour de la cinquantaine.

Le « point G » des hommes se situerait autour de la prostate.

Tout de même, la parole se libère autour d'une fonctionnalité insoupçonnée de la petite glande : on lui accorde notamment un rôle purement sexuel, pour le plus grand bonheur de certains. On en vient même à dire que le « point G » des hommes se situerait autour de la prostate ; il est donc rebaptisé pour l'occasion « point P », pour « point prostate » – *vous vous doutiez bien que ça n'avait rien à voir avec l'enseigne de matériaux.* L'orgasme prostatique a bonne réputation car, ceux qui le connaissent pourront en témoigner, il provoque un plaisir plus intense qui se ressent dans tout le corps. Il n'est plus un secret dans la communauté homosexuelle, mais il se fait plus timide dans les rapports hétérosexuels. Cela s'explique par la manière la plus simple et efficace de stimuler la prostate : la pénétration anale, chose rarement envisagée par les hommes hétérosexuels. Vous sentez que vous passez à côté de quelque chose, hein ? Bien vu ! [Rire diabolique.]

Finalement, la prostate, c'est un peu le clitoris des hommes : tout le monde sait que c'est là, mais on fait semblant de ne pas trop s'y intéresser, parce que ce n'est pas ce qu'on nous a appris. La pénétration anale masculine est quant à elle tellement peu envisagée dans la communauté hétérosexuelle que Martin Page, auteur du livre *Au-delà de la pénétration*[4], s'est amusé à le montrer en testant un de ses amis : « Un matin, [...] j'ai demandé à un ami, hétérosexuel, s'il aimait la pénétration. Il m'a répondu tout de suite : "Ah ah, oui bien sûr ! Bah oui !" Alors j'ai précisé ma question : "Et comment aimes-tu être pénétré ? Avec un doigt ? Avec un gode ou un masseur prostatique bien lubrifié ?" Il s'est crispé. Il n'avait pas imaginé que je parlais de lui-même pénétré » – *c'est magique !*
Pour celles et ceux qui souhaiteraient lui rendre visite, c'est en pénétrant le rectum que vous sentirez, à environ 7 cm de l'entrée, la présence d'une petite boule granuleuse... C'est bien la dame ! Précisons qu'il faut y aller mollo sur les mouvements, la prostate aime les massages délicats. C'est un plaisir à explorer seul ou à plusieurs, mais il n'est pas impossible que vous ne soyez pas réellement sensible à la stimulation, et ce n'est pas grave. Comme pour tout le reste, il n'y a pas de règle universelle, la sensibilité de chacun est unique. Dans ce cas-là, autant laisser la dame à ses occupations.

J'ai beaucoup de mal à terminer ce chapitre. À force de parler masturbation et plaisir, j'ai des difficultés à rester concentrée et à ne pas être tentée. S'il fallait résumer le tout en une phrase, je dirais juste : ne vous cachez plus, assumez, soyez fier d'être un petit branleur ou une petite branleuse, c'est bon pour vous !

---

1 *L'Onanisme. Dissertation sur les maladies produites par la masturbation*, de Samuel Auguste Tissot, 1764.

2 Source : *Les Joies d'en bas*, de Nina Brochmann et Ellen Støkken Dahl, chapitre « Le clitoris, un iceberg », p. 34.

3 *Les Œuvres anatomiques* de M. Jean Riolan, vol. 1, 1629.

4 *Au-delà de la pénétration*, de Martin Page, Édition Le Nouvel Attila.

Ode aux Roploplos

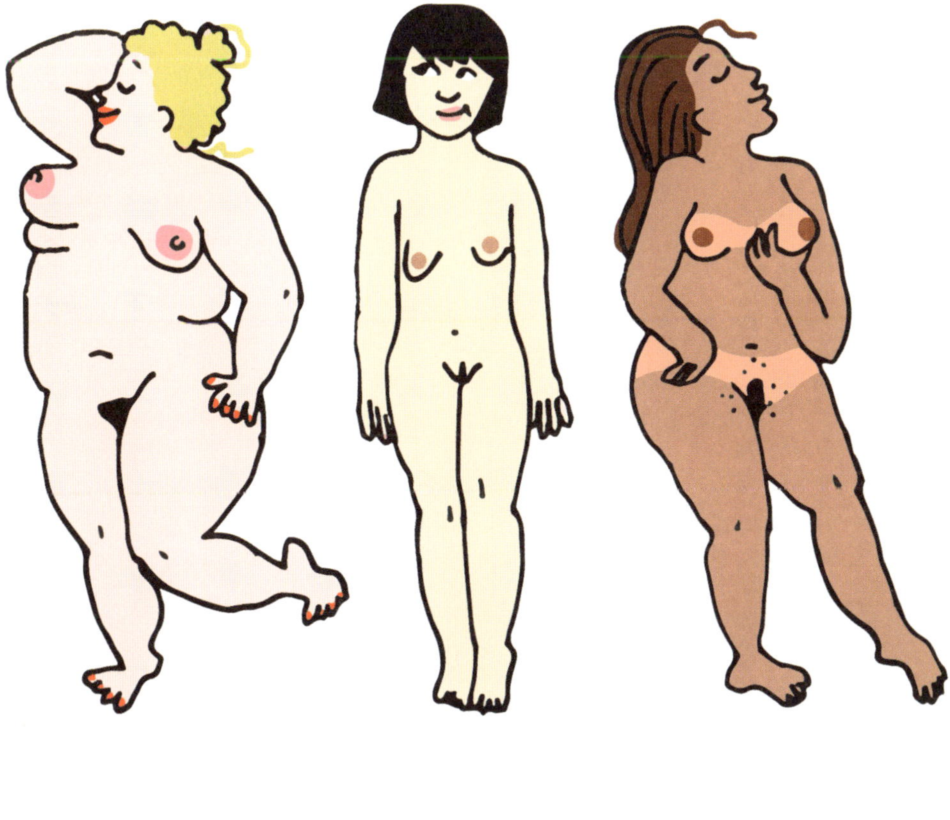

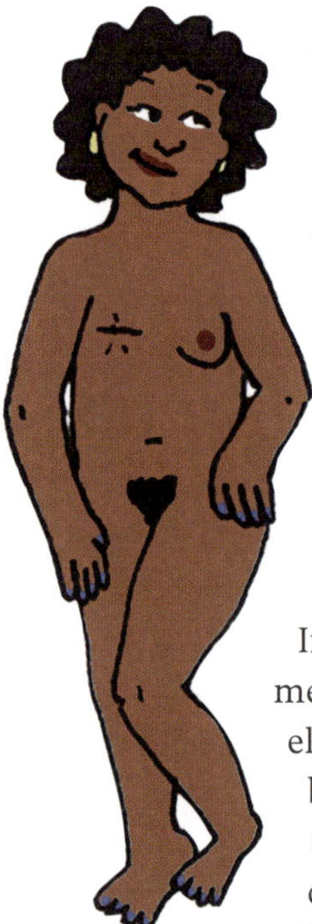

Ah, les seins ! Les nibards, les bazoules, les doudounes, les flotteurs, les boobs, les nénés, les lolos, les nichons, les meules, les roberts... bref, nous parlerons ici du tété – *rien à voir avec le chanteur.* Dans notre société occidentale, les seins ont une double identité, partageant deux symboliques fortes : ils incarnent d'une part l'érotisme, de l'autre la maternité. Cela pourrait nous encourager à mieux les connaître, à en prendre soin, voire à les célébrer. Pourtant, révéler fièrement sa poitrine peut encore aujourd'hui attirer les foudres de ceux qui ne sauraient la voir. C'est d'ailleurs ce qui est arrivé à l'humoriste Constance : en août 2018, elle offre sur France Inter une chronique pleine d'humour et de bonne humeur sur la journée mondiale du topless. Pour l'occasion, elle ne mâche pas ses mots et dénonce le puritanisme ambiant, que l'on pourrait croire disparu et qui est pourtant si réel et toxique qu'il a causé l'extinction du topless au fil des générations. Pour appuyer son discours, Constance n'hésite pas à enlever le haut sur le plateau, tout en rigolant et en gardant le rythme de son discours. Elle ne le sait pas encore, mais en dénonçant la pression conservatrice sur nos poitrines tout en montrant la sienne, elle signe la fin d'un quotidien paisible. La comédienne fera face à une vague de haine sur les réseaux sociaux qui, au final, ne fait qu'appuyer ses propos.

Le harcèlement et les portes qui se ferment face à des décolletés « un peu trop » plongeants ne datent malheureusement pas d'hier. Souvenez-vous : lors de la finale du Super Bowl de 2004, Janet Jackson et Justin Timberlake montent sur scène pour offrir un show endiablé. À la fin de la représentation, Justin Timberlake est censé arracher une partie du corset de la chanteuse, dévoilant son sein droit, cependant toujours caché par un bout de tissu rouge. Mais tout

Révéler publiquement un sein, que ce soit volontairement ou pas, reste encore et toujours problématique.

ne se passe pas comme prévu, et le sein apparaît (pour de vrai) accidentellement. Une scène qui choque l'Amérique puritaine de l'époque et aura de redoutables conséquences sur la carrière de la chanteuse – *mais pas celle de Justin, évidemment !* –, bien qu'elle ne cesse de crier haut et fort que ce n'était pas l'intention de la performance. Une semaine plus tard, alors qu'elle doit participer à la cérémonie des Grammy Awards, on lui fait comprendre qu'elle n'est plus la bienvenue. Dans une interview pour *USA Today*, elle dira : « C'est vraiment décevant de penser que 90 millions de personnes ont vu mon sein. [...] Mais il y a des choses pires dans la vie, et je ne comprends pas le fait que ce soit un centre d'intérêt pour les gens » – *tu l'as dit, Janet !* Finalement, révéler publiquement un sein, que ce soit volontairement ou pas, reste encore et toujours problématique. Incroyable mais vrai, les médias peuvent même en arriver à remettre en question la légitimité d'une personne à dévoiler sa poitrine. Ça a notamment été le cas lorsque Emma Watson a posé, dans une magnifique série de photographies pour *Vanity Fair*, les seins à demi nus. L'actrice, célèbre pour son rôle dans les films *Harry Potter*, mais également pour ses actions féministes, a été la cible de médias questionnant ses valeurs et son militantisme au prétexte qu'elle avait dévoilé une partie de sa poitrine. Agir de la sorte, c'est tout d'abord nier les valeurs mêmes du féminisme à propos de la perception du corps – *en résumé, on revendique le droit de posséder et d'exploiter son corps comme on le souhaite* –, mais aussi prouver qu'une femme montrant sa poitrine subira automatiquement un jugement de valeur. Toutes ces histoires, bien qu'elles aient eu lieu dans des contextes différents, révèlent indéniablement une chose : le sein plaît autant qu'il dérange.

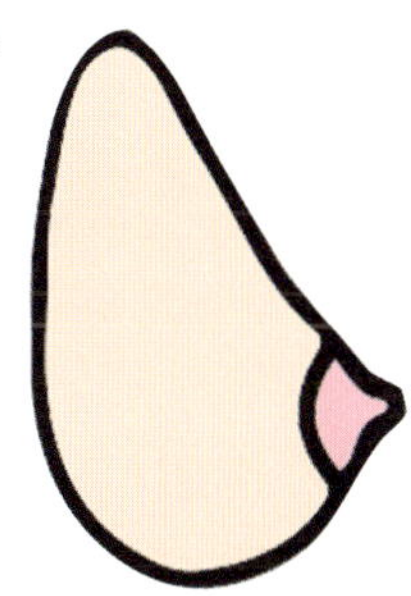

ÇA ME FAIT NICHONS NI FROID

Pour parler du sein, encore faut-il bien le connaître ! Il se trouve dans une région située entre la clavicule, l'aisselle et le sternum, et repose sur un large muscle du thorax. Il est essentiellement constitué de graisse – *et vous le savez, le gras, c'est la vie* – et comprend notamment des ligaments (bandes de tissu qui le soutiennent), des lobules (groupes de glandes qui produisent le lait) et des canaux lactifères (tubes qui permettent l'acheminement du lait jusqu'au mamelon). L'aréole est la surface ronde qui entoure le mamelon. Elle est recouverte de

OCTOBRE ROSE ET COMPAGNIE

Chaque année, en octobre, se tient la campagne de lutte contre le cancer du sein qui nous fait voir la vie en rose : Octobre rose ! Organisé par l'association Ruban rose, l'événement a pour but d'informer et d'ouvrir le dialogue sur le cancer du sein et l'évolution de la recherche. Depuis 2004, l'association a contribué au financement de cette dernière à hauteur de plus de 3 millions d'euros. Dans d'autres pays aussi, on mène des actions pour sensibiliser au sujet, par exemple en Belgique où est organisée chaque année une chasse au trésor version... sextoys ! À cette occasion, on peut aussi voir des spectacles de danse, faire du rodéo sur un phallus géant... bref, une manifestation drôle et décomplexée dont les bénéfices sont reversés à des associations.
Même si on avance, il est indispensable de continuer à lutter contre la maladie et à communiquer autour des gestes à adopter pour détecter d'éventuelles anomalies. Si le cancer du sein féminin est aujourd'hui moins tabou, ce n'est pas encore le cas pour son homologue masculin. Eh oui, les hommes aussi possèdent des seins, ils sont juste moins développés ! Le cancer du sein reste rare chez les hommes (on estime qu'il représente moins de 1 % de tous les cancers du sein), mais il est important d'alerter les personnes concernées afin de permettre de mieux en détecter les symptômes. Pour en savoir plus sur le sujet, je vous invite à vous rendre sur le site Cancerdusein.org ou à vous renseigner auprès de l'Institut national du cancer.

glandes aréolaires qui protègent le sein des infections et contient le muscle qui permet l'érection du mamelon. Les seins évoluent et changent de poids comme de forme tout au long de la vie. Il faut dire que ce ne sont pas les occasions qui manquent : variations hormonales, prise ou perte de poids, grossesses, maladies... Vivre et se construire avec est un travail constant ! Contrairement à ce que l'on nous montre au cinéma ou dans l'art, le sein n'est pas parfait, et c'est là que se loge son charme.

Le sein perceptible, autrement dit le seul qu'on nous montre dans les médias, s'impose comme un idéal, un modèle unique de beauté. Ce sein rêvé tient tout seul, sa peau est lisse, sa forme est arrondie et bien distincte à travers le chemisier. Il est doté d'un mamelon de rêve, autrement dit d'un petit téton proéminent, entouré d'une aréole pas trop large, parfaitement ronde et, bien évidemment, sans poils. C'est oublier qu'il existe autant de seins différents qu'il y a de personnes avec une poitrine ! Attention, j'ai un scoop : les seins ne sont pas tous ronds, fermes et lisses. Ils sont parfois accompagnés de poils autour des tétons ou entre eux, mais aussi de vergetures, pour une allure plus féline. Les « gants de toilette », les « poires », les « citrons », les « sachets de thé » et autres formes au surnom sarcastique n'ont rien à envier à leurs congénères : ils sont beaux et méritent d'être célébrés. Par ailleurs, les deux seins d'une même poitrine peuvent ne pas se ressembler : l'un peut être plus gros, plus rond ou plus plat que l'autre, avoir le téton plus à droite ou plus à gauche... Et ils sont beaux même quand ils ne sont plus là. Il n'y a pas qu'en octobre qu'on devrait voir des poitrines mutilées par l'ablation, elles devraient être mises en avant partout : dans notre quotidien, dans les publicités, sur les podiums. Une cicatrice a elle aussi sa place sur la poitrine : c'est le témoignage d'une vie, d'un moment ou d'un combat.

LES NIBARDS DANS L'HISTOIRE

L'idéalisation de la poitrine n'a rien de récent car, dès l'Antiquité, on comparait les seins à des pommes, et il existait déjà cette notion de double identité du sein, sexualisé et maternel. Pour bien faire, il devait être discret – *comme si on pouvait choisir* –, car les fortes poitrines étaient la cible de moqueries : les costumes de théâtre avec des seins exagérément gros étaient réservés aux personnages comiques. À cette époque, pour s'aligner sur cet idéal, les femmes cherchaient à cacher leurs formes. Pour cela, elles enroulaient dès l'adolescence de longues bandes de tissu autour de leur poitrine pour essayer d'en limiter la croissance – *ça me fait mal rien que d'y penser.*

Dès l'Antiquité, on comparait les seins à des pommes, et il existait déjà cette notion de double identité du sein, sexualisé et maternel.

À la Renaissance, on change d'ambiance ! Les femmes portent des corsets lacés dans le dos qui peuvent faire déborder les seins, leur donnant ainsi une forme très arrondie et allant même jusqu'à révéler les tétons : on les appelle « gourgandines » – *c'est aussi une insulte pour désigner une personne aux mœurs légères ; en gros, c'est comme si aujourd'hui on traitait quelqu'un de soutif ou de slip... j'adore l'idée !* Pour marquer la taille et faire remonter les nichons jusqu'au cou, on a besoin de plusieurs mains pour enfiler et serrer le corset... au point de provoquer des évanouissements – *sans parler des déformations de la cage thoracique, des escarres, des atrophies... Est-ce que c'est de là que provient l'arnaque « il faut souffrir pour être belle » ?*

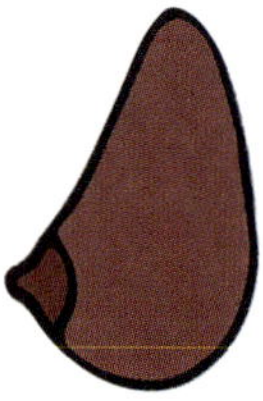

À la fin du XIXe siècle, Herminie Cadolle, corsetière parisienne, a l'idée de couper le corset en deux et d'y ajouter une armature : le corselet-gorge est né(né). Son brevet est officiellement déposé en 1898[1]. Le soutien-gorge connaît ensuite diverses évolutions au fil des décennies, avec par exemple le « nichons pointus » des années 1950, qui transforme les seins en triangles isocèles, ou le push-up qui connaît son heure de gloire dans les années 1990, faisant de nos seins des champs de coton.

FAUT PAS ÊTRE UN SEIN

En parlant de soutien-gorge, il arrive un jour où il s'impose à nous. Il n'est pas toujours confortable ou agréable, mais on se décide souvent à en acheter un le jour où, dans la cour de l'école ou au vestiaire, les regards de nos camarades quittent nos yeux pour se loger un peu plus bas. Même si, au départ, il est plus proche de la brassière que du soutif sophistiqué, l'événement reste le même : l'achat du premier soutien-gorge constitue un rituel qui a son importance. Bien que certaines le fassent par besoin, notamment quand le poids de la poitrine se fait ressentir, d'autres en font l'acquisition pour s'affirmer socialement – *petite dédicace à mon moi de 11 ans qui faisait semblant d'avoir mal au dos en se tortillant dans tous les sens pour avoir un soutien-gorge malgré sa minuscule poitrine !*

ÇA DÉPEND, ÇA DÉPASSE !

Les vêtements cachent les seins comme des coffres renfermant un trésor. Vivre avec une poitrine, c'est aussi apprendre à l'habiller, mais l'achat de tenues adaptées peut devenir un vrai calvaire. En effet, la standardisation des tailles et des formes a entraîné un appauvrissement de l'offre. Les vêtements qu'on trouve dans la grande distribution n'épargnent pas les seins qui n'entrent pas dans la norme. Nombreuses sont les personnes à poitrine qui ont connu des moments de solitude à cause de décolletés mal faits laissant les gros seins s'échapper ou de bustiers qui glissent à cause du manque de relief – *oui, je sais ce que c'est.*

L'achat du premier soutien-gorge est un cap, un symbole qui atteste la présence des seins. Quand ils commencent à pousser, c'est un changement physique, mais aussi social, qui précipite l'enfant dans le statut de jeune femme. Qu'elles le veuillent ou non, quand leurs seins pointent le bout de leur nez, les filles sont immédiatement expulsées de l'enfance et assimilées à une forme de disponibilité sexuelle : on parle de sexualisation précoce.

Selon les profils, cet événement peut être plus ou moins bien accueilli, car un corps qui change nous confronte à de nouvelles problématiques. Dans un premier temps, la taille peut nourrir les préoccupations : elle est souvent un motif de moqueries dans les écoles, où tout est fait pour s'amuser de celles qui ont peu de poitrine comme pour faire culpabiliser celles qui en ont « trop » – *ça donne naissance à des jeux comme « faire tenir un stylo entre ses seins »... Avec ma minuscule poitrine, je récupérais les stylos dans mon T-shirt et je remplissais ma trousse gratuitement !* Contrairement aux règles, qui sont, sauf cas exceptionnels, invisibles et donc vécues dans l'intimité, la poitrine se fait remarquer, ne laissant pas d'autre choix que d'apprendre à l'accepter malgré les remarques, critiques ou regards interloqués.

Si l'apparition des seins est vécue comme un événement à la fois personnel et social, elle plonge les jeunes filles dans des situations parfois dérangeantes avant même qu'elles aient eu le temps d'apprendre à vivre avec. Elles doivent affronter le regard des autres, de la famille, des copains, mais aussi accepter la forme et la taille de leur poitrine malgré la représentation idéalisée et peu réaliste des seins dans notre société – *c'est parfois plus lourd à porter que la poitrine elle-même.*

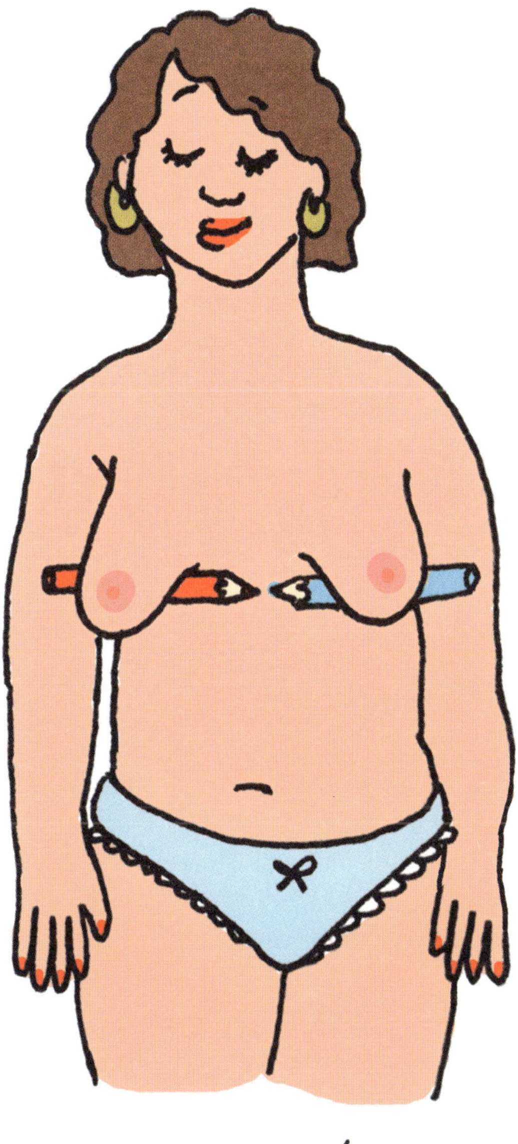

j'ai gagné (?)

ON TOMBE LE HAUT

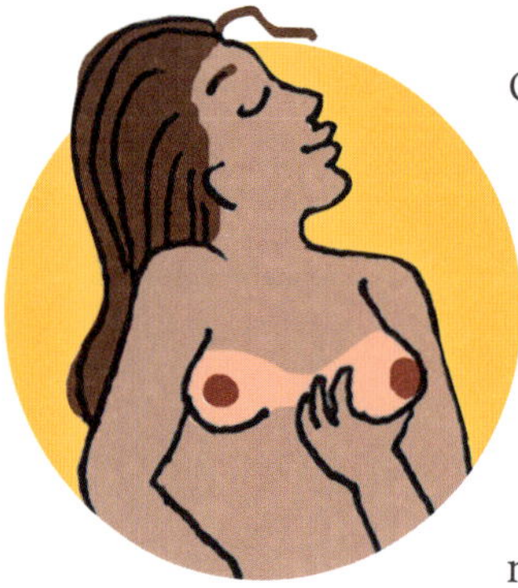

On peut se passionner pour la lingerie et la confiance qu'elle permet de s'offrir, ou se contenter d'en acheter pour son aspect pratique. Mais le port du soutien-gorge est tellement ancré dans notre culture, tellement automatique, que ce n'est souvent que tardivement qu'on se questionne sur sa pertinence… Ai-je réellement besoin de mettre un soutien-gorge ? En ai-je vraiment envie ? Pourquoi j'en mets, déjà ?

Du coup, certaines ont décidé de ne plus en porter – *ciao, bye bye, hasta la vista baby !* Les confinements de 2020 et 2021 n'y sont pas pour rien : quand on passe ses journées sans soutif, on réalise parfois qu'on est bien mieux les boobies libres comme le vent. Une fois la baleine et le rembourrage aux oubliettes, le sein révèle ses secrets, déploie sa sensibilité et ses formes. Le *no bra*, c'est-à-dire le fait de ne plus porter de soutien-gorge, est en réalité une forme de privilège : pour certaines personnes, il est inenvisageable de s'en passer, car ça reviendrait à se priver d'un confort et d'un soutien. Pour d'autres, c'est aussi une question d'habitude : ne plus en porter est inconcevable quand ça fait des années qu'on a appris à vivre avec. On nous apprend à mettre des soutiens-gorge, mais pas à nous en défaire, alors que les seins ont aussi besoin de se relâcher. Si, dans la journée, il ne s'agit que d'un choix personnel, il est en revanche nécessaire de laisser sa poitrine libre la nuit pour éviter de la compresser.

Certaines personnes constatent même des changements une fois qu'elles ont mis leurs soutiens-gorge au placard : moins de gêne respiratoire ou de douleurs musculaires, des seins raffermis et une baisse de la sudation – *donc, ça voudrait dire que les seins peuvent très bien se maintenir sans soutif ? Eh oui, Jamy !* Même si ça dépend de la taille et de la forme des seins en question,

Camille Froidevaux-Metterie prend soin de tordre le cou aux fausses croyances dans son livre *Seins. En quête d'une libération* : « Contrairement à un préjugé répandu, la chute des seins n'est pas enrayée par le port du soutien-gorge. Les ligaments de Cooper, qui sont les organes de suspension naturels de la poitrine, se relâcheraient tout au contraire à n'être pas mobilisés » – *je n'ose pas imaginer les cellules de crise chez les fabricants de lingerie une fois que ça se saura…*

Ne pas porter de soutif, un geste pouvant paraître simple et insignifiant, est donc en réalité une véritable affirmation de soi, à la limite du militantisme.

En tout état de cause, quand on devient adepte du no bra, on se débarrasse d'une gêne physique, mais on doit bien souvent en accueillir une autre. Ne plus porter de soutiens-gorge, c'est affronter les regards désobligeants et les remarques culpabilisantes – *un téton qui se dévoile, c'est un regard insistant ou interrogateur offert !* Voilà le résultat de plusieurs siècles d'invisibilisation dans la sphère publique : le sein doit être masqué tout en étant reconstruit, n'être qu'une forme ronde épousant nos vêtements. Avec le soutien-gorge, il est devenu une réalité dissimulée, c'est-à-dire qu'on peut le voir ou le deviner, sans pour autant distinguer ses particularités ; il est réduit à une image très lisse par rapport à ce qu'il est réellement. Une fois le soutien-gorge ôté, il prend un tout autre aspect : avec son téton qui pointe, sa forme moins arrondie et ses mouvements plus fluides, il se distingue par un autre type de beauté. Bien évidemment, c'est plus ou moins bien perçu des regards extérieurs : l'absence de soutien-gorge peut, qu'on le veuille ou non, être assimilée à l'érotisme, à une forme de liberté voire d'exhibitionnisme, ce qui entraîne toutes sortes de réactions. Ne pas porter de soutif, un geste pouvant paraître simple et insignifiant, est donc en réalité une véritable affirmation de soi, à la limite du militantisme.

LE SEIN ALLAITANT

Comme son nom l'indique, la nourrice était autrefois chargée de nourrir les enfants des autres avec son propre lait maternel. Que ce soit pour le côté pratique ou pour préserver leur indépendance, les femmes ont toujours cherché un moyen de nourrir leurs enfants autrement qu'en les allaitant. C'est notamment pour ça que les nourrices furent très nombreuses et sollicitées au cours de l'histoire : elles permettaient aux mères qui payaient leurs services de continuer leurs activités quotidiennes. Du coup, la majorité des nourrissons était envoyée pour un an ou deux dans les campagnes, car les nourrices y étaient moins coûteuses.

Le congé maternité de douze semaines après l'accouchement fait son entrée en scène en 1909 – mais, au départ, il ne prévoyait pas de rémunération !

Au XVIIIe siècle, la notion de famille devient primordiale et les nourrices sont de moins en moins demandées, la mère allaitante étant glorifiée, considérée comme parfaite, respectable, pourvu qu'elle se dévoue pleinement à ce que l'on considère comme son devoir. Progressivement, les gouvernants comprennent la nécessité d'accompagner les mères en leur assurant un encadrement médical et social : c'est ainsi que le congé maternité de douze semaines après l'accouchement fait son entrée en scène en 1909 – *mais, au départ, il ne*

NO LOLO

Pour faire changer les choses, la sénatrice australienne Larissa Waters a décidé de donner le sein à sa fille au parlement fédéral en 2017. L'initiative a fait rire et a été saluée par certains, mais d'autres l'ont très mal accueillie : la sénatrice a eu droit à des insultes et été accusée d'exhibitionnisme ainsi que de trouble à l'ordre public. Forcément, on n'a pas envie d'allaiter quand on sait qu'on risque de se faire insulter ou qu'on devra se cacher pour nourrir son enfant.

Selon la loi 183...

prévoyait pas de rémunération ! Il faudra attendre 1970 pour que l'ensemble des salariées puissent en bénéficier... C'est donc très récent ! Les années suivantes, le taux d'allaitement chute, pour finir par ne concerner qu'une minorité des mères dans les années 1970. Cela s'explique par la montée du féminisme, qui incite les femmes à être indépendantes et maîtresses de leur corps. Ce n'est que vers les années 2000 que l'allaitement revient au centre des préoccupations, notamment avec la prise de conscience écologique, mais aussi par la volonté de créer un contraste avec les générations de mères précédentes.

De nos jours, tous les choix sont possibles. Techniquement, du moins, car l'avis des autres et la morale ne sont jamais loin. Les femmes qui ne souhaitent pas allaiter invoquent plusieurs raisons à cela : leur contexte professionnel, une santé fragile qui ne permet pas d'investir autant d'énergie, la difficulté de donner le sein en tout lieu, la volonté de répartir les tâches dans le couple ou de partager l'allaitement avec l'autre parent, etc. Mais à partir du moment où l'on considère le sein dans sa fonction biologique, c'est-à-dire produire du lait, faire un choix qui vient la contrarier est perçu comme un acte politique, alors qu'il ne s'agit que d'une volonté personnelle. D'un autre côté, l'identité paradoxale du sein, à la fois sexualisé et maternel, entraîne des dérives, par exemple quand des femmes se font insulter car elles allaitent en public. C'est aussi compliqué pour les mères allaitantes qui reprennent une activité professionnelle : comment faire dans ce cas-là ? Alors pourquoi ne pas proposer des salles d'allaitement où elles pourraient se poser tranquillement ? Ce serait beau, pratique et tellement inclusif !

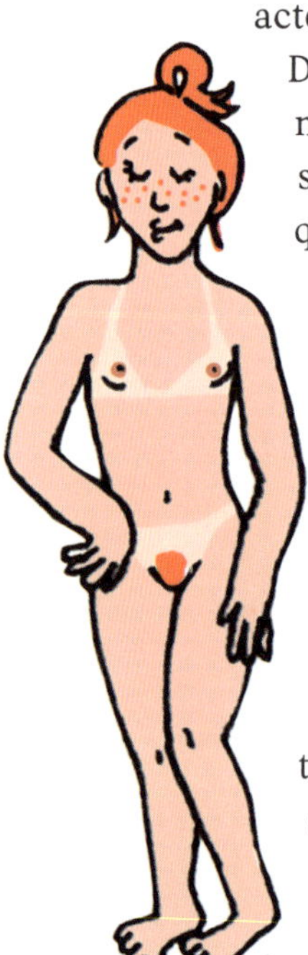

LE SEIN PLAISANT

Si la poitrine ne manque pas d'être sexualisée, elle n'est pourtant que trop peu prise en compte dans notre sexualité – *même si certains confondent apparemment « seins » et « pâte à pizza », vu la manière dont ils les malaxent !* Les seins doivent à offrir un joli spectacle, sans pour autant être acteurs du plaisir. Dans notre culture du cul, ils sont ceux qui excitent, mais pas qui font jouir, surtout dans les couples hétérosexuels. Le rôle de la poitrine est souvent classé comme stimulus, et on ne lui accorde que trop peu de place dans le feu de l'action. À notre époque où l'on encourage à la réappropriation du corps et du genre féminin, c'est le clitoris qui est mis sous le feu des projecteurs, parfois au détriment d'autres zones du corps. Pourtant, les tétés ont aussi leur place dans le plaisir sexuel !

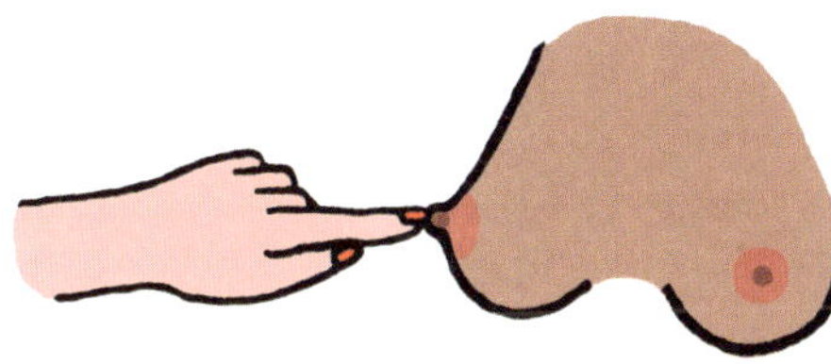

Tous les moyens sont bons pour stimuler cette zone érogène, que ce soit par des caresses, des pincements modérés, des contacts avec les lèvres, la langue ou les doigts...

Selon une étude de l'université de Sheffield[2], la stimulation des mamelons et des seins engendre une excitation sexuelle chez environ 82 % des femmes cis[3]. Cela s'explique notamment par la sensibilité du mamelon, car il possède de nombreuses terminaisons nerveuses, mais aussi parce que le sein dans son entièreté constitue une zone érogène importante. À tel point qu'on parle même d'« orgasme du sein » ou d'« orgasme mammaire », qui provoque une sensation de plaisir intense envahissant le corps. Tous les moyens sont bons pour stimuler cette zone érogène, que ce soit par des caresses, des pincements modérés, des contacts avec les lèvres, la langue ou les doigts... pourvu que ça s'accorde aux goûts de chacun ! Certaines poitrines sont moins sensibles que d'autres, et il faut également prendre en compte les variations hormonales. Mais si on souhaite revoir notre conception de la sexualité et du plaisir, il est essentiel de ne pas sous-estimer le potentiel des seins. Chouchoutons les roberts, pourvu qu'ils nous le rendent bien ! *Après ça, j'espère que vous penserez à moi quand vous vous toucherez les seins ! Enfin non, oubliez ce que je viens de dire.*

UN LUNDI QUI DÉCONCENTRE

Le lundi 14 septembre 2020 est né un mouvement. C'est à coup de crop tops, jupes et décolletés que les étudiantes ont poussé un coup de gueule pour lutter contre le sexisme en milieu scolaire. Pas de pancartes ou de slogans, mais des hashtags comme #lundi14septembre et #balancetonbahut ; le mouvement, lancé sur TikTok, a pris une ampleur énorme.

La réflexion est née parce que, alors que des records de chaleur se faisaient ressentir sur toute la France, beaucoup d'étudiantes ne pouvaient pas s'habiller légèrement à cause du règlement de leur collège ou lycée. En effet, de nombreux établissements scolaires interdisent les tenues jugées provocantes et exigent une « tenue convenable ». Mais qu'est-ce que ça veut dire ? Même si elles sont censées s'appliquer à tous, ces règles s'appuient sur des stéréotypes de genre féminin et donnent lieu à une forme de sexisme. En effet, il est implicitement fait référence aux tenues courtes ou au maquillage un peu trop voyant. En plus de contrôler les corps, ces règles insinuent qu'il y a des bons et des mauvais codes vestimentaires. C'est comme quand on interdit de porter un jogging ou une casquette sous prétexte qu'ils se rapportent trop aux codes de la rue, ce qui est clairement de la discrimination sociale.

Infliger aux jeunes filles des restrictions plutôt que de responsabiliser les jeunes garçons, c'est typique de ce que l'on appelle la culture du viol.

Les étudiantes ont donc décidé, afin de dénoncer la face cachée de ces mesures, d'aller au bahut, le lundi 14 septembre, en tenue rassemblant des interdits : jupe, haut court, talons hauts, excès de maquillage, etc. À la suite de cette action, on a pu voir sur Twitter des photos dénonçant l'absurdité de ces règles vestimentaires, par exemple dans le tweet d'une jeune fille habillée en short de la même longueur que celui d'un camarade et qui affirme s'être pris un avertissement pour sa tenue, alors que lui, non. D'autres étudiantes ont demandé des explications aux établissements scolaires, qui ont répondu qu'il était nécessaire de réglementer la tenue des filles car « elles risquent de déconcentrer leurs camarades masculins » – *on est bien, en cette année 1950 !* Infliger aux jeunes filles des restrictions à propos de leur attitude ou de leurs choix vestimentaires plutôt que de responsabiliser les jeunes garçons, c'est typique de ce que l'on appelle la culture du viol.

Pour tenter de calmer la polémique, le ministre de l'Éducation, Jean-Michel Blanquer, a la solution ultime : selon lui, « il suffit de s'habiller normalement » – *pourtant, rien de plus normal que de porter une jupe par 37 °C.* Cette remarque est problématique parce qu'elle n'aide en rien à faire avancer le débat, mais aussi parce que la normalité est une notion subjective. Aussi, il ajoute que « chacun peut comprendre qu'on vient à l'école habillé d'une façon républicaine », ce qui ne manque pas de faire rire la twittosphère. Il faut dire que s'il y en a une qui a toujours le nibard à l'air, c'est bien la République... n'est-ce pas, Marianne ? Allégorie de la République française, Marianne est en effet souvent représentée avec un tissu suggérant les formes de sa poitrine, voire avec un sein apparent, comme dans le célèbre tableau *La Liberté guidant le peuple* d'Eugène Delacroix. Beaucoup ont tenté de trouver une symbolique à ce sein dénudé, mais il s'agit en réalité d'un choix artistique, comme l'a brillamment souligné Mathilde Larrère[4], historienne spécialiste des révolutions et de la citoyenneté, dans une série de tweets. D'ailleurs, vous remarquerez que le sein de

NON, C'EST OUI ? BAH NON, C'EST NON !

Né à la fin des années 2000, le concept sociologique de « culture du viol » pointe l'ensemble des comportements et attitudes visant à minimiser, normaliser ou encourager le viol. S'il est souvent incompris ou s'il paraît exagéré – *notamment parce que son nom sonne fort* –, il dénonce cependant une culture présente dans notre quotidien, dans notre langage, nos activités, dans l'art et les médias que nous consommons. Sachant que les bases du consentement ne sont pas réellement enseignées, notre idée du viol est réduite à l'acte violent commis par un inconnu, or c'est bien plus vaste que ça. C'est justement ce que cherche à montrer le concept « culture du viol ». *Exemple malheureusement courant : faire culpabiliser sa partenaire lorsqu'elle refuse un acte sexuel.*

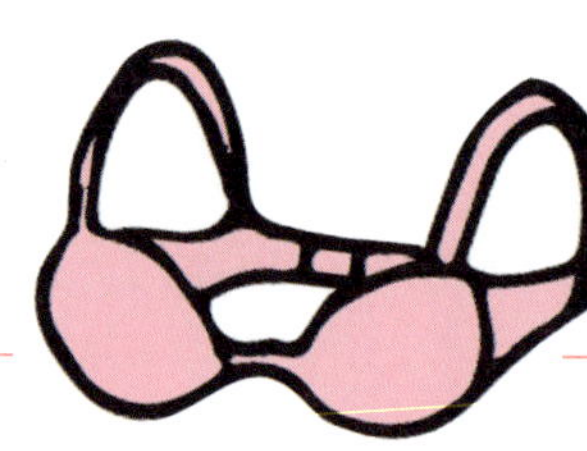

Marianne subit lui aussi une forme de censure : il est apparent, mais son téton est peu perceptible, et même souvent inexistant, surtout dans les sculptures, où il devient un amas de graisse pointu, sans aréole ni mamelon… *Ça téton-ne, toi ? Moi, pas vraiment !*

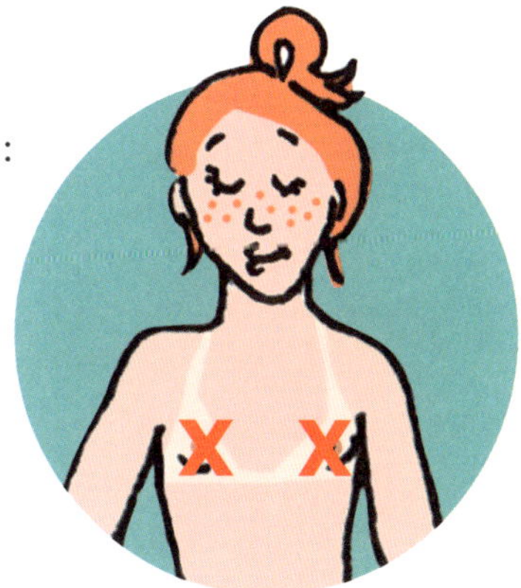

#JAIMEMESBOOBS

Le téton, c'est l'odieux, l'inacceptable, le scandaleux, le vilain petit canard de la poitrine. Contrairement à celui sur le torse d'un homme, le téton rattaché à un sein féminin est tabou, et inversement, la vue d'un sein n'est condamnable qu'à partir du moment où on distingue son téton. Alors que, d'un point de vue anatomique, il est là pour nourrir, notre culture occidentale lui a assigné un caractère sexuel si fort qu'il doit être caché. Un exemple bien parlant nous montre l'absurdité de cette situation : la censure sur Instagram. La modération des corps sur les réseaux sociaux a donné lieu à des situations aberrantes, comme le blocage par Facebook de photos de la Vénus de Willendorf, une statuette du Paléolithique supérieur, ou celle du tableau *L'Origine du monde* de Gustave Courbet. Pour contourner cette modération imposée par des algorithmes, des femmes n'hésitent pas à coller des « tétons d'homme » sur leur poitrine, et le pire, c'est que ça fonctionne. En imposant ce genre de restrictions, les algorithmes en viennent à décider de ce qui est tolérable ou non, et conduisent à l'uniformisation des contenus, allant même jusqu'à renforcer les stéréotypes de genre. C'est ainsi que Parker, un garçon de 4 ans originaire des États-Unis, s'est vu imposer les mêmes restrictions que celles destinées au genre féminin quand sa mère a posté une photo de lui torse nu avec ses cheveux longs – *c'est le jeu, ma pauvre Lucette.*

Il faut tout de même admettre que les réseaux sociaux ont aussi favorisé des mouvements plus positifs et ambitieux, comme le body positivisme, qui encourage l'acceptation de soi et de son corps. En gros, c'est à lui qu'on doit le signalement des retouches photo dans les campagnes de pub et la diversité des représentations dans les milieux de la mode et du mannequinat notamment. Il se veut inclusif, autrement dit il s'adresse à tous les âges et, tous les genres, personne n'est oublié. Sa naissance n'est pas anodine : elle est le résultat de la diffusion massive de standards de beauté peu inclusifs et trop peu réalistes – *comme quoi, le ras-le-bol a du bon.* L'idée du body positivisme, c'est d'encourager à travailler sur une meilleure estime de soi, mais aussi à être plus indulgent envers les autres, en élargissant la notion de beauté dans les schémas de représentation. Tout commence en 1996, quand deux Américaines, Connie Sobczak et Elizabeth Scott, créent The Body Positive, une organisation visant à aider les autres à avoir une meilleure image d'eux-mêmes grâce à des ateliers et des formations. Alors qu'il commence à faire parler de lui, le mouvement prend de l'ampleur avec les réseaux sociaux ; ils permettent de communiquer plus facilement sur le sujet, de se reconnaître dans cette problématique, et de créer des espaces de liberté et de confiance. Le body positivisme est apprécié de tous, au point que des personnalités publiques comme Adele, Rebel Wilson, Pink ou Hilary Duff en font leur cheval de bataille et le relayent sur leurs réseaux respectifs. Grâce à lui, on voit – *enfin* – de la cellulite, des vergetures, des rides, des poils et des bourrelets dans les médias, et on en vient à abolir, petit à petit, l'idéalisation des corps.

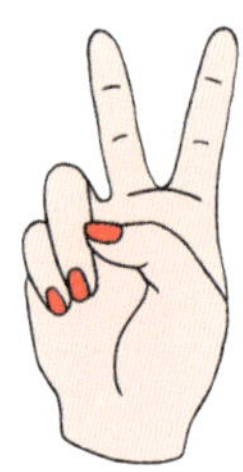

Que ce soit à coups de hashtags, de dénonciations de la censure ou de photos non retouchées, les nouvelles générations sont plus que jamais déterminées à être épanouies.

C'est bien, mais comme pour tout le reste, il faut être attentif à ne pas remplacer une forme de stigmatisation par une autre. Bien qu'il soit difficile de nier la bienveillance du mouvement, ne pas s'y reconnaître peut nourrir une forme de culpabilité et aggraver un mal-être existant – *on veut tellement bien faire qu'on finit par se faire du mal.* C'est pour ça que Jameela Jamil, actrice féministe engagée, prône depuis

quelques années le *body neutrality*, qui encourage lui aussi le bien-être physique et psychologique. C'est une sorte d'évolution du concept de body positivisme – *oui, ça évolue, comme les Pokémon*. Le but reste le même : s'aimer et avoir confiance en soi, mais cette fois-ci en accordant autant d'importance à ses réalisations et à son évolution personnelle. Ce mouvement encourage à être fière de ce que l'on est, mais aussi et surtout de ce que l'on fait. Se voulant totalement déculpabilisant, le *body neutrality* accorde aussi leur importance aux « jours sans », ceux où on ne se sent pas en forme ou pas complètement en accord avec soi-même. Bien qu'ils puissent souvent être problématiques, les réseaux sociaux permettent donc aussi de faire connaître ce genre de mouvements déculpabilisants qui peuvent avoir un impact réel sur nos vies. Que ce soit à coups de hashtags, de dénonciations de la censure ou de photos non retouchées, les nouvelles générations sont plus que jamais déterminées à être épanouies.

Nos petits-enfants rigoleront probablement de nous quand nous leur raconterons que, à notre époque, les célébrités n'avaient pas intérêt à montrer leurs tétés. Ils s'indigneront quand on leur rappellera l'histoire du 14 septembre, qui sera devenu un jour férié, alors que les jupes et les shorts ne seront plus genrés. L'allaitement sera alors banalisé pendant des réunions au bureau, dans la rue, dans les lieux publics, voire au sein de l'Hémicycle. Des technologies seront déployées pour soulager le dos de celles qui souffrent du poids de leur poitrine, et elles seront bien évidemment remboursées par la Sécurité sociale. Nous, les grands-mères, ne nous lasserons pas de raconter notre histoire, la poitrine libre et fière, en observant d'un regard amusé les anciens soutiens-gorge conservés dans les vitrines des musées.

---

1 *Le Corselet-gorge, premier soutien-gorge de l'histoire* (1898), Inpi.fr.

2 « Nipple/Breast Stimulation and Sexual Arousal in Young Men and Women », *The Journal of Sexual Medicine*, mai 2006.

3 L'étude a été faite auprès de personnes cisgenres.

4 Compte Twitter : @larreremathilde.

LA PETITE HISTOIRE DE LA CAPOTE

Aujourd'hui, il y en a pour tous les goûts : des petites, des grandes, des « goût fraise », vanille ou chocolat, avec ou sans relief, épaisses ou fines... Bref, la capote est partout ! Avant de trouver refuge dans notre portefeuille, elle a connu bien des aventures. Ce petit bout de plastique est passé par tous les états, jusqu'à arriver à sa forme actuelle. Bien qu'il soit difficile de retracer son parcours avant le XVe siècle, certaines trouvailles archéologiques attestent que les hommes essayaient déjà de créer des réservoirs à disposer sur le pénis pour retenir leur semence bien avant ça ; un de ses ancêtres, en papier de soie huilé, datant du Xe siècle a été retrouvé en Chine.

Au XVIIe siècle, en France, les préservatifs sont constitués d'un boyau d'animal (chèvre, porc...), mais ils sont rares, car ils ne font pas l'unanimité – *on est loin des distributeurs au coin de la rue*. En effet, l'Église fait pression, elle ne tolère les rapports sexuels que dans une optique de procréation : toute forme de contraception est contraire aux bonnes mœurs. Mais attendez, Louis XIV, lui, compte bien se faire plaisir ! Le roi de France est connu pour en utiliser régulièrement, alors qu'une loi rend passibles d'emprisonnement les personnes possédant des préservatifs – *bon, après, c'est le roi, donc j'imagine qu'on ne doit pas lui dire grand-chose.*

Plus tard, en 1712, se tient à Utrecht le Congrès, un grand événement visant à en finir avec la guerre de la Succession d'Espagne. Pendant plusieurs mois, la ville est envahie de diplomates et hommes d'État. Pour distraire ces messieurs, le nombre de maisons closes et d'appartements privés s'accroît, ce qui entraîne la propagation de maladies vénériennes – *petit souvenir de voyage !* Pour parer à cela, un artisan a l'idée d'utiliser le cæcum du mouton[1] : il lui donne une forme de fourreau, le ferme d'un côté – *et paf ! ça fait un préservatif !* L'artisan en vend de nombreux exemplaires et, une fois l'événement terminé, les diplomates regagnent leur pays en rapportant leurs préservatifs avec eux.

T'inquiète, je ne l'ai utilisé que 42 fois.

Avec le temps, le préservatif se démocratise, mais n'améliore pas son image. En effet, au début du XVIIIe siècle, en France, on l'associe encore à la luxure et au manque d'hygiène. Il faut attendre la Révolution pour que les mœurs changent et qu'il soit accepté, ainsi que sa commercialisation. On commence alors à voir des boutiques se spécialiser dans le préservatif ; les vendeuses de l'époque - oui, car on estime alors que seules les femmes peuvent faire ce métier - doivent avoir l'œil pour évaluer la taille des clients ! Au XIXe siècle, les préservatifs, toujours en membrane animale, sont réutilisables et parfois même garantis pendant cinq ans - *je suis à la fois impressionnée et horrifiée.*

En 1843-1844, les inventeurs Charles Goodyear et Thomas Hancock produisent en masse des préservatifs à base de caoutchouc vulcanisé, c'est-à-dire très élastique et résistant. La capote s'installe de plus en plus dans les foyers et son usage prend de l'ampleur. En 1883, des industriels anglais font parler d'eux en vendant des boîtes de préservatifs arborant le visage de la reine Victoria ou encore celui du Premier ministre Gladstone - *autant vous dire qu'à l'époque ce genre d'actions marketing est assez inédit et osé, ce qui ne manque pas d'amuser les Anglais !* Pendant ce temps, aux Pays-Bas, on propose des préservatifs parfumés avec réservoir, une grande innovation en 1901, ou des boîtes de cigares avec un double fond permettant de ranger ses capotes.

Au début du XXe siècle, on voit apparaître le premier préservatif féminin, nommé « le Pratique », qui, parce qu'il s'adresse surtout aux femmes, connaît un franc succès. C'est alors qu'intervient une deuxième révolution : le latex ! En 1932, l'usine de préservatifs Durex se spécialise dans ce matériau : les fabricants se livrent alors une bataille sans merci. C'est d'ailleurs cette même marque qui commercialise le premier préservatif lubrifié en 1961. Au début des années 1980, le sida se répand et bouleverse le monde entier : des mesures de prévention sont lancées et en 1986, Michèle Barzach, la ministre française de la Santé, autorise la publicité pour le préservatif. Celui-ci devient une des armes les plus efficaces contre la propagation du virus et ses ventes augmentent alors considérablement.

Aujourd'hui encore, la capote évolue : de plus en plus fine, de plus en plus souple, de plus en plus fiable... D'apparence ordinaire, elle est en réalité une révolution sexuelle à elle toute seule – *peut-être y penserons-nous la prochaine fois que nous l'utiliserons pour faire une bombe à eau !*

[1] Le cæcum est une partie de l'intestin. Bon appétit.

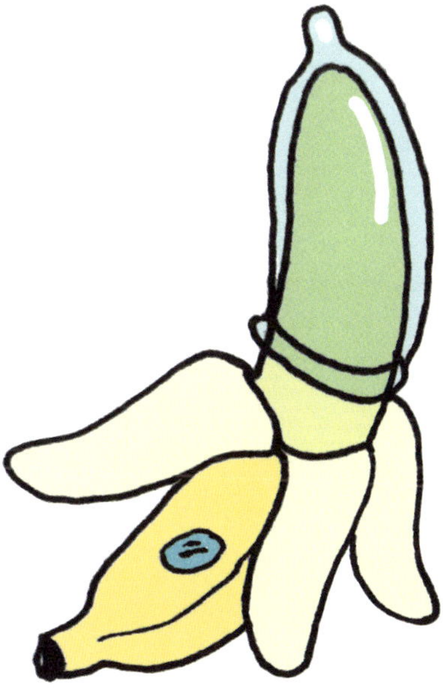

Cinquante nuances de jouets

« Il n'y a que les imbéciles qui ne changent pas d'avis. »

De n'importe qui, pourvu qu'il nous fasse changer d'avis.

J'ai longtemps eu une mauvaise image des jouets pour adultes et ils me paraissaient loin de mon activité sexuelle. C'était comme une étape supplémentaire, un level nettement supérieur, qui n'avait rien à voir avec ce que je voulais ; le jouet était à mes yeux un instrument pour exciter l'autre, mais pas pour me satisfaire moi. Pendant des années, le cinéma m'en a dressé un tableau particulier, dans lequel ces jouets n'interviennent que dans un cadre spécifique : les scènes BDSM, dans une pièce sombre avec une lumière tamisée, comme la chambre de M. Grey. C'était pour moi synonyme de bite en plastique ou de vibromasseur trop bruyant, donc rien de très attirant. Avec le temps, les sextoys sont devenus des cadeaux d'anniversaire, prétextes pour traîner dans les sex-shops : on rigole dans les rayons, on s'interroge, on essaye de comprendre certains objets, pour finir par acheter les éternelles menottes léopard. Aujourd'hui, mon regard a changé, et les technologies ont évolué.

Complémentaire de la masturbation, le jouet pour adultes est l'incarnation même du tabou – *alors qu'il n'est rien d'autre qu'un outil.* En France, on a un réel problème avec l'émancipation sexuelle : on dépense plus d'énergie à entretenir la honte qu'à célébrer ce qui peut nous aider ou nous faire du bien. La presse ne manque pas de nous rappeler comment « bien cacher ses sextoys » ; on leur attribue souvent le rôle de sauveur, « Les sextoys peuvent aider à casser la routine », mais, on préfère les laisser dans l'ombre et ne jamais parler d'eux. Tout est fait pour augmenter le poids du tabou : des vibromasseurs en forme de rouge à lèvres pour que les autres ne sachent pas de quoi il s'agit, de licorne à paillettes pour que ça choque moins et que ça soit plus joli, plus girly… Qu'importe si c'est moins efficace pour procurer du plaisir, tant que ça se vend ! On nous fait

croire inconsciemment que la possession de sextoys relève de la folie, de l'inédit, de l'exception, alors qu'en réalité nous sommes nombreux à en cacher dans nos tiroirs.

La première fois qu'on se procure un sextoy, on se sent un peu mal à l'aise, on se demande pourquoi on l'a acheté. Une fois qu'on l'a testé, on se demande pourquoi on ne l'a pas acheté plus tôt. Puis vient le moment improbable où l'on cherche une cachette dans la chambre : dans une boîte, sous le lit, en hauteur, dans le tiroir de la table de chevet ou celui à chaussettes, peu importe, tant qu'il n'est pas exposé et que ça reste un secret. Sans parler des petites crises de panique quand les enfants vont jouer à cache-cache dans la chambre ; il ne faudrait pas que notre dernier achat se transforme en sabre laser – *même si on y a déjà pensé !* Tout de même, ces habitués des placards et des tiroirs, peu assumés mais beaucoup utilisés, méritent un peu plus de considération.

LA VIBRANTE HISTOIRE DU SEXTOY

On en parle de plus en plus aujourd'hui, mais il faut savoir que les sextoys ne datent pas d'hier. Il n'est que très rarement exposé dans les musées, mais le godemichet fait partie de notre histoire et en dit long sur le rapport à la sexualité de nos ancêtres. Si, vous aussi, vous vous demandez parfois « mais qui est à l'origine du premier sextoy ? » – *oui, c'est une question que l'on peut se poser pendant une réunion de travail ou lors du premier repas avec sa belle-famille* –, eh bien, sachez qu'il existe plus ou moins une réponse ! Le plus ancien « jouet » découvert à ce jour remonterait au moins à 28 000 av. J.-C. Bien évidemment, il ne faut pas s'attendre à du grand art : il s'agit d'un objet phallique en pierre polie mesurant une vingtaine de centimètres, avec des marques imitant un gland. Très clairement, quand on le voit, l'expression « on fait avec ce qu'on a » prend tout son sens, et imaginer son utilisation fait serrer les dents. Il faut dire qu'au moins, c'était accessible : tout le monde ou presque pouvait s'en fabriquer un.

D'autres anecdotes viennent nourrir les fantasmes, et forcément, dès qu'on parle de fantasmes, Cléopâtre débarque ! Certains affirment en effet que celle qu'on dépeint comme une grande séductrice affamée de sexe a créé le premier vibromasseur à l'aide d'un cornet de papyrus rempli d'abeilles. En 2016, l'anecdote est racontée dans la BD *Sex Story* de Laëtitia Coryn et Philippe Brenot, et l'histoire est rapidement relayée par les plus grands médias. C'est vrai que c'est excitant, et la scène est tellement improbable qu'on est partagé entre le rire et la stupéfaction. Mais encore une fois, je vais casser l'ambiance et vous allez probablement me détester. Car même si on a envie que ce soit vrai, il n'existe aucune trace picturale ni aucune preuve archéologique pour étayer cette théorie. En plus de ça, le papyrus est une matière très rugueuse – *certainement pas tendre avec une vulve* –, et le dispositif n'aurait pas été sans risques pour une reine. Bref, n'oublions pas que les Romains, qui n'appréciaient que très peu Cléopâtre, sont souvent à l'origine des sources dont nous disposons aujourd'hui à son sujet, et les *fake news* n'ont pas attendu Trump pour exister.

On ne saura peut-être jamais si Cléopâtre a vraiment eu un rôle dans l'histoire des sextoys, mais on sait qui est, officiellement du moins, à l'origine du premier vibromasseur. Le premier brevet est déposé au XIXe siècle par le médecin britannique Joseph Mortimer Granville. Sa machine, nommée le « marteau de Granville », est un vibromasseur mécanisé à vapeur très... impressionnant – *les curieux qui se ruent sur Google Images, je vous vois !*

Avec l'arrivée de l'électricité dans les foyers à la fin du XIXe siècle, le vibromasseur se démocratise, permettant ainsi aux hystériques de se « soigner » chez elles – *elle est pas belle, la vie ?* Bien évidemment, son rôle n'est pas assumé. On parle donc d'un « appareil électroménager à usage personnel » pour se « détendre » ou se « masser ». C'est à croire que tout le monde est tendu, à cette époque, car le vibromasseur fait un carton : c'est le cinquième appareil ménager à devenir électrique, dix ans avant l'aspirateur – *belle performance !*

L'UTÉRUS MAUDIT

Pendant des siècles, une forme de folie a faussement été liée au genre féminin et à l'utérus : l'hystérie (en grec, *hustera* désigne l'utérus), alors considérée comme une névrose. Le terme a ainsi d'abord été employé pour parler des femmes qui présentaient des troubles psychiques. L'hystérie englobait tellement de maux qu'on estimait que presque toutes les femmes étaient concernées : c'est d'ailleurs pour cela que jusqu'à la fin du XIXe siècle, elle était considérée comme la plus répandue des maladies. Aujourd'hui, elle ne fait plus partie de la classification internationale des maladies, et ses symptômes sont classés dans différentes catégories de troubles – ils ne sont donc plus directement liés à l'utérus.

Ce n'est que dans les années 1920 que sa véritable fonction est assumée, notamment lorsqu'il intègre les films pornographiques. Inutile de vous préciser que ce n'est pas bien perçu : les maris à l'ego piqué bannissent cet appareil du foyer et certains vont même jusqu'à demander le retrait du produit de la vente – *si une anecdote devait définir la jalousie, ça serait sûrement celle-là !* Avec la libération sexuelle des années 1970, les sextoys font un retour en force dans les foyers. En France, les enseignes La Redoute et 3 Suisses proposent des « masseurs », très souvent accompagnés d'une photo les présentant comme un masseur de joue. Au fil du temps, ils adoptent des formes de plus en plus explicites et des technologies plus accommodantes, comme la disparition du fil électrique. En 1983, l'entreprise américaine Vibratex lance sur le marché le très célèbre Rabbit, fabriqué au Japon, qui prend la forme d'un lapin pour contourner la loi nippone interdisant la représentation des organes génitaux. À l'époque, il suscite de l'intérêt par sa forme et sa technologie, qui sont alors une révolution : avec sa référence au lapin, il amuse les acheteurs, mais en plus de ça, il propose une stimulation interne et externe... grâce à la tête de l'animal ! Plusieurs années plus tard, le jouet se voit consacrer un épisode dans la série phénomène *Sex and the City* ; dès sa diffusion, c'est le buzz, et les acheteurs se jettent dessus.

Aujourd'hui, le marché du jouet pour adultes évolue vite, très vite. Chaque année on voit apparaître de nouveaux modèles et de nouvelles pratiques. Les nouveautés sont tellement nombreuses qu'elles pourraient presque rivaliser avec les sorties d'iPhone. Ce serait tentant de faire un parallèle, mais pour avoir utilisé les deux, je peux vous assurer que la batterie de l'un d'entre eux se décharge trop vite – *je reviens, je vais brancher mon iPhone.*

UNE RÉVOLUTION EN PROFONDEUR

Les sextoys sont désormais tellement répandus qu'on en trouve pour tous les genres, de toutes les couleurs, avec tous les designs possibles et (in)

imaginables, parfois même portés par des personnalités publiques qui ont la cote comme Lily Allen ou Cara Delevingne. Bien sûr, ce business peut parfois être contestable, mais il faut reconnaître que ces joujoux ont le mérite d'être de bons outils d'apprentissage ; s'ils sont consommés avec intelligence, bienveillance et parcimonie, ils peuvent changer des vies.

Aujourd'hui, les règles ont changé, il ne s'agit plus d'avoir des gadgets qui ne font aucun effet – *si ce n'est déranger les voisins* – ou des jouets impressionnants qui offrent plus de spectacle que de plaisir. *Ciao* les canards vibrants qui finissent en décoration sur la baignoire et les *dildos* dont la taille fait peur ! Fini, les vieux godemichets reproduisant veine par veine un pénis, les menottes en fourrure rose flashy qui se cassent au bout de cinq secondes d'utilisation, les « dés coquins » censés nous amuser mais « tu vois bien qu'ils ne roulent pas sur la couette ! Bah voilà, super, maintenant ils sont sous le lit ». Bonjour, les technologies réellement conçues pour augmenter notre plaisir.

ALLEZ BROUTER AILLEURS !

Beaucoup de marques de jouets pour adultes surfent sur la vague féministe prosexe pour vendre leurs produits. Elvire Duvelle-Charles, activiste féministe et créatrice du mouvement Clit Révolution, a poussé un coup de gueule contre ces fabricants qui jouent la carte de la libération sexuelle afin de pouvoir proposer des partenariats. On parle ici de « feminism washing », une stratégie marketing qui vise à s'approprier les valeurs féministes prosexe pour faire vendre. C'est l'équivalent du *greenwashing* avec l'écologie. En tant que créatrice de contenus liés à l'éducation à la sexualité, je reçois quotidiennement des mails de vendeurs de sextoys « féministes », disant vouloir « libérer la femme », « aider les femmes » ou encore « défendre le droit à l'émancipation sexuelle »... *mouais !* Défendre un mouvement philosophique, politique et identitaire n'est dans ce cas qu'un argument marketing comme un autre pour vendre des sextoys. Merci de ne pas prendre les consommatrices pour des chèvres !

C'est un fait : les jouets pour adultes ne sont pas indispensables à l'épanouissement sexuel et ne relèvent en aucun cas d'un besoin. Quand on en utilise occasionnellement, on est dans une forme d'expérimentation, et quand on le fait fréquemment, c'est comme un plus, un coup de pouce. Aussi, précisons-le : un jouet ne remplace pas une personne. Si on peut trouver des points communs entre s'amuser avec un sextoy et avoir une relation sexuelle avec quelqu'un, il ne s'agit pas de la même chose. Il y a du positif dans les deux, et ça peut être complémentaire comme indépendant. Imaginons qu'un jouet pour adultes soit un dessert. Pensez à celui que vous voulez, celui qui vous régale, qui vous fait du bien, dont vous ne vous lassez jamais, pour lequel vous seriez prête à parcourir des kilomètres. Ensuite, imaginons que le sexe, celui qui rassemble les pratiques que vous aimez, soit un bon plat, celui qui réchauffe et offre des émotions. Parfois, on a une bonne grosse dalle, au point qu'on en devient gourmande, on veut la chose qui va nous combler et nous faire plaisir à coup sûr, et on se jette sur ce fameux dessert. Parfois ce n'est pas un shoot de sucre qu'il nous faut, mais plusieurs saveurs, ce moment riche pour les sens qui révèle notre créativité, et on se jette alors sur un bon plat. Il n'est pas toujours délicieux, mais qu'importe, c'est intense. Et parfois encore, quand les yeux sont plus gros que le ventre, on veut se faire plaisir, être rassasié mais pas trop vite, on a du temps devant soi : on rêve du banquet de *La Belle et la Bête*, avec les chandeliers qui chantent et les saveurs qui pleuvent ; dans ce cas-là, on prendrait bien un plat et un dessert ! C'est un concept simple, relevant de l'évidence, et pourtant souvent exclu de notre conception du sexe : un jouet peut très bien offrir du plaisir solitaire comme devenir un plaisir partagé – *amen !*

COMMANDETONGODE.COM

En à peine une dizaine d'années, l'utilisation des sextoys s'est banalisée. Selon une étude réalisée par l'Ifop en 2017 pour Dorcelstore.com, une Française sur deux (49 %) a déjà utilisé un sextoy au moins une fois dans sa vie.

C'est beaucoup plus qu'en 2007, où elles étaient seulement 9 % à s'en être déjà servi – *ou du moins à l'admettre*. Il faut dire que, au début des années 2000, de plus en plus de Françaises se sont prises de passion pour un nouveau type de réunions Tupperware, où l'on se rassemble entre amies ou voisines pour s'extasier non pas sur les célèbres boîtes en plastique, mais sur les dernières nouveautés en matière de jouets pour adultes : les fameuses réunions tuppergode ! Ces causeries olé olé plaisent d'autant plus que le tabou des sextoys prend encore beaucoup de place dans notre culture à la française – *ironique, pour un pays brandissant l'étendard de la liberté sexuelle aux yeux du monde entier*. Pendant que les Français commandent discrètement des sextoys sur Internet et prient pour que la marque ne soit pas apparente sur le colis, les Espagnols proposent à la vue de tous dans leurs pharmacies des rayons dédiés à l'émancipation sexuelle avec sextoys, livres et autres objets *caliente – merci mes cours d'espagnol en LV2.*

Si l'utilisation des sextoys est de plus en plus courante, c'est donc aussi et surtout parce qu'ils sont plus accessibles : en effet, les Français sont les champions de la commande sur Internet ! Longtemps, l'idée de se rendre dans un sex-shop a alimenté les pires appréhensions : la peur de ne pas savoir quoi prendre, de croiser une connaissance ou de devoir demander comment fonctionne un engin prenait le dessus sur la curiosité. L'avantage avec Internet, c'est que l'on peut se cacher derrière un écran et ainsi prendre plus de temps pour s'intéresser au sujet. Comme quoi, parfois, il est bon d'être déshumanisé, réduit à un nom et une adresse. On se pose aussi plus facilement des questions : après tout, on est seul avec soi-même ou un proche, donc le poids du tabou est moins lourd et on est plus à l'aise. Depuis le bureau ou sa chambre, on scrolle à l'infini, on fait défiler les multiples possibilités, puis on clique, on achète et quelques jours voire quelques heures plus tard, on peut s'amuser – *c'est pas beau ça ?* D'ailleurs, la notion même de sex-shop disparaît peu à peu : on parle désormais de « loveshop » plus facilement. Même si ça peut paraître insignifiant, on se laisse séduire par le côté bienveillant et ludique de ce changement.

Le jouet pour adultes n'est autre que le reflet de la société dans laquelle il évolue.

Le jouet pour adultes n'est autre que le reflet de la société dans laquelle il évolue. Ces dernières années, on remarque un changement dans l'usage et dans l'offre : il ne s'agit plus de proposer uniquement des sextoys pénétrants, reproduisant à l'identique des sexes masculins, bien que ça existe encore et que ça puisse plaire à certains. On voit aussi émerger des jouets consacrés à la stimulation clitoridienne ou prostatique – *bonne nouvelle pour les pommeaux de douche, qui n'ont pas été épargnés.* Ils paraissent tellement énigmatiques, avec leur design et les options qu'ils offrent, qu'on en vient à se demander : « Mais ça va où, ça ? Comment ça fonctionne ? » Si vous vous reconnaissez là-dedans, sachez que vous n'êtes pas seul(e) ! Moi la première, il m'est arrivé de paniquer après avoir reçu un colis – *un beau moment de solitude.*

LE CUL HIGH-TECH

Les sextoys étant considérés comme de simples jouets, on a tendance à minimiser le travail et les recherches nécessaires pour les créer et innover. Fabriquer des petites choses pour nous faire jouir demande du temps, de l'argent et de la rigueur ; pour autant, c'est rarement reconnu à sa juste valeur, comme le démontre ce qui est arrivé à la marque Lora DiCarlo. Chaque année se tient à Las Vegas le Consumer Electronics Show (CES), le plus important salon consacré à l'innovation technologique en électronique grand public. En 2019, la créatrice de sextoys Lora DiCarlo en profite pour présenter son nouveau bébé, Osé, un produit haut de gamme fondé sur le meilleur du biomimétisme et de la robotique : en gros, c'est une dinguerie conçue pour imiter les sensations provoquées par une bouche humaine, une langue ou un doigt. Le jouet plaît tellement qu'il décroche le prix d'honneur dans la catégorie « Robotique et drones » des CES Innovation Awards – *bravo Lora DiCarlo ! Hop hop hop, il ne faudrait pas crier victoire trop vite !* Avant même que Lora DiCarlo ait le temps de se réjouir, l'innovation est jugée « immorale, obscène, indécente » – *si vous vous demandez pourquoi, c'est uniquement parce qu'il s'agit d'un jouet pour vulve* – et son prix lui est retiré. Pour contester cette décision, la chef d'entreprise dénonce dans un article le fait qu'il existe un double standard en ce qui concerne la santé sexuelle, surtout quand on sait que l'année précédente, en 2018, la présentation au CES de robots strip-teaseuses et de poupées sexuelles dotées d'intelligence artificielle n'a pas posé de problèmes. Quelques mois plus tard, face à l'indignation et à l'incompréhension relayées par les médias, des excuses sont présentées à la socié-

POINT (G) TROP N'EN FAUT !

Vous avez sûrement déjà entendu dire que l'utilisation abusive de sextoys à stimulation clitoridienne pouvait désensibiliser la vulve ou le clitoris... Eh bien, ce n'est pas impossible. Si aujourd'hui encore, il existe trop peu de preuves scientifiques pour admettre l'existence de ce phénomène, il est évident que c'est tout à fait probable, car la technologie mise en place est très puissante et peut même l'être trop pour la vulve. Dans ces cas-là, il est bon d'être attentif à ses ressentis : si vous constatez une perte de sensibilité, il vaut mieux arrêter de vous servir de votre joujou pendant quelques semaines. Pas de panique, le phénomène n'est pas considéré comme irréversible, donc normalement, ça devrait aller mieux ! Dans tous les cas, il est recommandé de ne pas abuser du jouet et de modérer son utilisation. Si vous ressentez des douleurs, n'hésitez pas à consulter un professionnel de santé.

té Lora DiCarlo et son prix lui est rendu. Elle se fera un plaisir de revenir l'année suivante avec deux nouveaux produits connectés, Onda et Baci, qui remporteront chacun un prix de l'innovation – *et toc !*

La technologie, c'est bien, mais encore faut-il s'assurer de bien faire, par exemple en veillant à ce que le dispositif soit parfaitement au point avant de mettre en vente un sextoy connecté, car ce n'est pas sans risques. C'est ce qu'ont pu constater plusieurs possesseurs d'une ceinture de chasteté masculine de la marque *Cellmate*, que l'on place autour du pénis pour empêcher l'érection et qui se débloque à l'aide d'une application – le jouet est souvent utilisé dans les communautés BDSM, par exemple. En effet, début 2021, un hacker a pris le contrôle de l'application et s'est amusé à bloquer les ceintures et à demander une rançon de 0,02 bitcoin (environ 750 dollars) au moyen d'un message digne des plus grands films d'horreur : « Your cock is mine now » (« Maintenant ta bite m'appartient ») – *je suis partagée entre l'empathie et le rire... ce n'est pas bien de se moquer, mais parfois...* L'histoire se termine bien car, heureusement, aucune des victimes ne portait la ceinture lors du hacking. Cellmate a dû présenter ses excuses pour le dysfonctionnement de son produit, d'autant plus que le problème avait déjà été détecté plusieurs mois auparavant, sans qu'il soit pour autant retiré du marché[1]. *Ballot.*

AVEC OU SANS ACCESSOIRES ?

Personne n'est obligé d'utiliser des sextoys. Certains aiment ça, d'autres non. D'ailleurs, ce n'est pas parce que j'y consacre un chapitre et que je me passionne pour leur technologie que je ne comprends pas ceux qui ne les aiment pas, loin de là. S'ils me fascinent, c'est parce qu'ils reflètent parfaitement la manière dont le sexe est traité dans notre société. Comme ils sont peu représentés et donc incompris, on sous-estime leur intérêt dans la quête d'émancipation sexuelle. Ce que l'on ne prend jamais le temps de préciser, et qui fait toute la pertinence de l'objet, c'est que l'utilisation d'un sextoy peut favoriser le dialogue avec soi-même et avec l'autre. Il n'est pas seulement question d'en avoir un, mais de connaître ce dont on a envie : c'est avec lui qu'on découvre ses besoins, ses préférences et ses fantasmes. C'est un coup de fouet – *sans mauvais jeu de mots* – érotique en faveur de l'alchimie sexuelle.

On assimile par réflexe l'utilisation de sextoys dans un couple à la manifestation d'un manque ou d'une insatisfaction.

Si les sextoys sont bien assumés et utilisés dans certaines sexualités, ils restent souvent problématiques pour une majorité de couples hétérosexuels. Il faut dire qu'ils sont souvent à l'origine d'incompréhensions : on assimile par réflexe l'utilisation de sextoys dans un couple à la manifestation d'un manque ou d'une insatisfaction. Penser qu'ils sont là pour aider et leur attribuer le rôle de « sauveur » est difficile pour deux raisons. La première, c'est qu'on en vient à croire qu'un couple qui utilise un sextoy est un couple qui va mal, ce qui est faux. Avec cette interprétation, on nie tout ce que l'utilisation consentie d'un jouet par les deux parties inclut : de la communication, des échanges et de la confiance – *en gros, tout ce qui a un impact positif sur l'épanouissement sexuel*. La deuxième, c'est qu'à l'inverse, à force de présenter le jouet comme un sauveur, un couple avec un réel dysfonctionnement sexuel pourrait faire reposer tous ses espoirs sur la machine, ce qui n'est pas une bonne idée, évidemment.

L'utilisation d'un jouet dans un couple peut aussi être le reflet d'une tendance par exemple. C'est souvent parce qu'un pote en vante les mérites que l'on commence à réfléchir à un éventuel achat. Parfois, c'est parce qu'on tombe sur un article, une publication sur les réseaux sociaux ou un film qui nous interpelle qu'on en vient à s'interroger sur le sujet. Preuve que ce

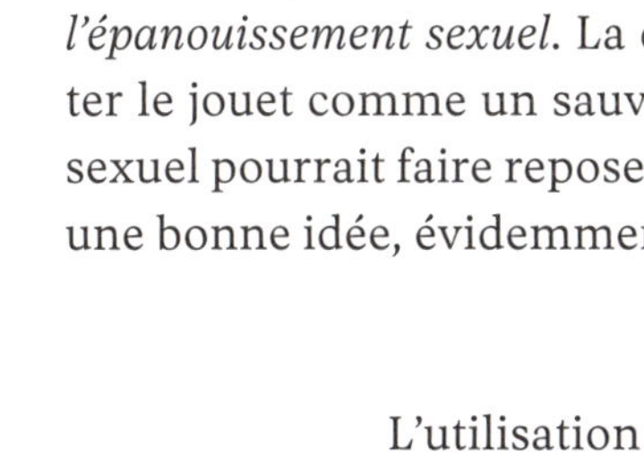

qui se passe sous la couette est facilement influencé par la pop culture, la publication du premier roman *Cinquante nuances de Grey* en 2011 a eu un gros impact sur la vente d'accessoires BDSM soft ! Bien évidemment, cela s'est accompagné d'une belle hausse du nombre de blessures liées à l'utilisation de sextoys ou d'hospitalisations pour retirer un ou plusieurs « corps étrangers »... *Ça fait moins rêver, tout de suite !*

ON NE PARLE PAS DE CHUCKY, LÀ !

Quand j'ai commencé à écrire sur les sextoys, je n'avais pas du tout prévu de parler de la poupée gonflable. N'y voyez pas une forme de désintérêt de ma part, mais en tant que femme hétérosexuelle, je n'avais eu aucune occasion de me pencher sur la chose. Pourtant, c'est un sujet riche de sens, qui évolue et invite à s'interroger sur la place du jouet dans notre vie d'être humain. Je ne suis pas là pour vous dire si je trouve ça bien ou pas – *comme je n'en ai jamais utilisé, ça serait comme laisser sur Tripadvisor un avis sur un restaurant dans lequel je n'ai pas mangé : c'est un peu con et c'est pas juste.* En revanche, je trouve pertinent d'observer l'évolution de cet objet et la place qu'il prend aujourd'hui dans notre rapport au sexe.

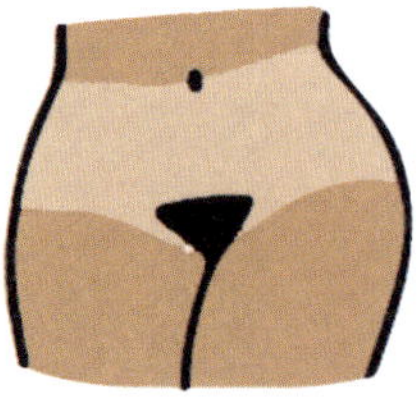

Au départ similaires à de vieilles bouées avec des trous, les poupées gonflables ne ressemblent plus à ça aujourd'hui. Elles sont majoritairement de sexe féminin, avec des mensurations surréalistes et des traits du visage calqués sur un idéal préconçu, maquillées et dotées d'une chevelure, et généralement, il y a peu de tissu pour contenir tout ça. Le phénomène de la *sexdoll* évolue si vite qu'on parle de plus en plus de *sexbot* : elle est alors dotée de capteurs de sensibilité, de mouvement ou d'intelligence artificielle – *il faut croire que l'invasion des robots commencera sous la couette.*

En soi, sa consommation n'engage que son utilisateur, et j'aime me dire que l'humain est assez intelligent pour prendre des distances avec l'objet. Mais là où la *sexdoll* commence à poser problème, c'est qu'on ne veut plus qu'elle soit ce qu'elle était à l'origine : une poupée. Tout est mis en œuvre pour créer un mimétisme, une ressemblance parfaite avec la femme. Le diable se cache dans les détails : un affinement de la texture de la peau, des odeurs, un travail sur l'intérieur du vagin ou de la bouche, une voix douce, de vrais cheveux, etc. Cela ne serait pas forcément problématique si l'objet restait objet, mais la limite entre le jouet-fantasme et le réel se fait de plus en plus fine : tout est fait pour qu'un jour, l'utilisateur ne fasse plus la différence. Or, la poupée fait disparaître la notion de consentement ou, quand elle parle, exprime un consentement perpétuel.

La poupée fait disparaître la notion de consentement ou, quand elle parle, exprime un consentement perpétuel.

Certains consommateurs ne font d'ailleurs plus la différence, au point qu'ils considèrent la poupée comme leur compagne. C'est probablement le cas du culturiste Yuri Tolochko qui, dernièrement, a « demandé la main » de sa poupée – *je ne pense pas qu'elle ait donné une réponse, puisque ce modèle-là ne parle pas.* Le bodybuilder affirme qu'« avec le temps et l'expérience [...] il faut plus que des mots pour avoir une conversation. Les couples doivent moins parler et se connecter davantage »... *Ah !* Il raconte être tombé sous le charme de sa poupée car elle est « capable de ce que les autres ne sont pas capables de faire » – *j'ignore s'il parle des autres poupées ou des femmes.* Je ne sais pas s'il s'agit d'une réelle romance en silicone ou d'un gros coup de buzz, mais je pense que certains utilisateurs vivent véritablement une forme de relation avec leur *sexdoll*, et ça, c'est aussi drôle que triste. Créer un lien avec l'incarnation d'un fantasme, c'est s'extraire de la réalité et s'enfermer dans un récit écrit avec sa propre vision du monde. Est-ce pour remédier à une certaine forme de solitude ? Je n'ai pas la réponse. Les études sur le sujet manquent cruellement, il m'est donc impossible d'entrer dans les détails. Cela dit, je le répète, je ne juge ou ne stigmatise pas les consommateurs, d'autant plus que la demande évolue. Ce ne sont plus uniquement des hommes cis hétérosexuels célibataires qui acquièrent des poupées : certaines marques de *sexdolls* affirment avoir de plus en plus de commandes de la part de couples hétérosexuels ou lesbiens – *affaire à suivre !*

Une chose est sûre : si la technologie continue à évoluer plus vite que nos mentalités, on va se retrouver avec des sextoys qui sauront mieux stimuler une vulve que certains humains – *préparez-vous, ça ne devrait pas tarder.*

[1] « "Your Cock Is Mine Now": Hacker Locks Internet-Connected Chastity Cage, Demands Ransom », article de Lorenzo Franceschi-Bicchierai paru dans *Vice* le 11 janvier 2021.

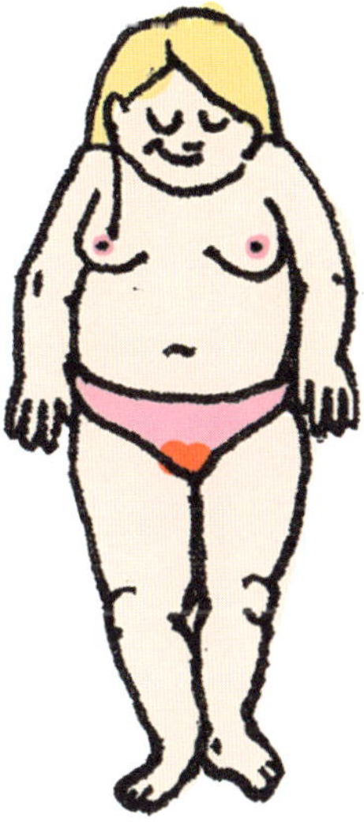

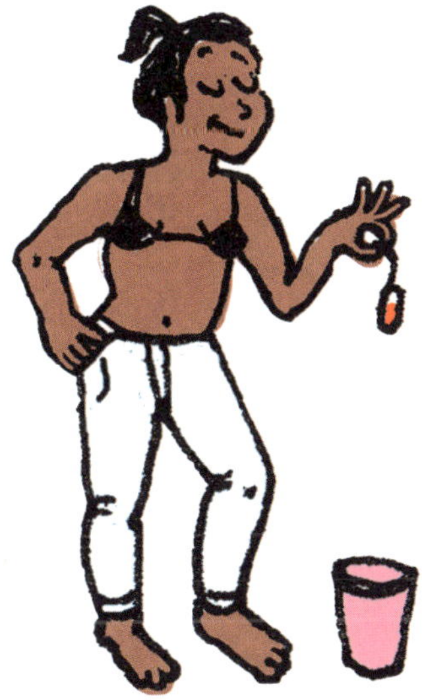

Toxic

(Rien à voir avec Britney Spears)

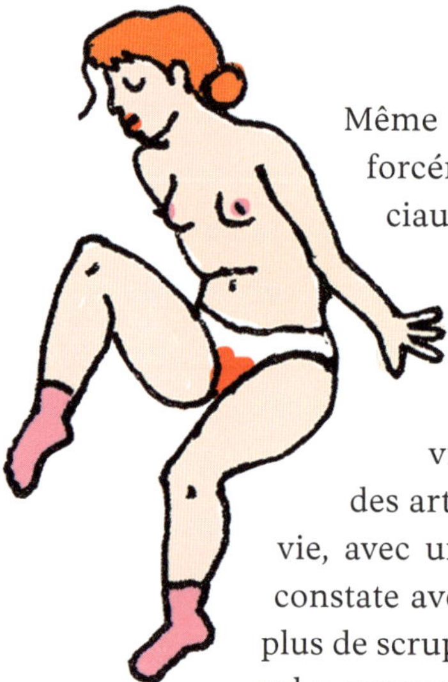

Même si je n'en vis pas (et d'ailleurs je ne le souhaite pas forcément), le fait de tenir un compte sur les réseaux sociaux présente des avantages : de superbes rencontres, des échanges constructifs, des colis parfois surprenants... Tiens, parlons-en ! Depuis quelque temps, des marques cherchent à me contacter pour m'envoyer des produits en échange d'une visibilité sur ma page. Dans certains cas, je découvre des articles de marques engagées qui peuvent changer la vie, avec une composition « propre ». Dans d'autres cas, je constate avec effroi que dans le marketing du cul, il n'y a pas plus de scrupules qu'ailleurs. Ce que j'appelle le « marketing du cul » concerne l'ensemble des produits censés nous accompagner dans notre sexualité, mais aussi dans notre hygiène intime. Bien évidemment, tout n'est pas mauvais, mais nous sommes encore trop nombreux à acheter des produits « fantômes », c'est-à-dire qui sont présentés comme indispensables mais qui, en réalité, ne servent à rien, et peuvent même être mauvais pour la santé : savon pour le vagin, cosmétiques pour la vulve, déodorant vaginal, crème « peau douce » pour les grandes lèvres, lubrifiant à paillettes, serviettes hygiéniques parfumées à la rose, pompe pour agrandir le pénis, pierre à s'insérer dans le vagin, déodorant pour testicules, etc. Jouer sur le manque de connaissances pour vendre n'a rien d'inédit, mais tout de même ! Si tout est apparemment bon pour faire de l'argent, tous les produits qui touchent à notre intimité ne le sont pas !

ATTENTION DANGER

La composition des protections périodiques a récemment fait la une à cause de plusieurs histoires tragiques, notamment celle de Sara Manitoski. En 2017, la jeune lycéenne de 16 ans décède dans son sommeil lors d'un voyage scolaire[1]. Les médecins légistes sont formels : elle est morte à la suite d'un choc toxique. Le coupable : son tampon. La veille, la jeune fille s'était plainte de douleurs au ventre et avait souffert toute la nuit. C'est dramatique, horrible

et incompréhensible. Forcément, on ne peut qu'avoir peur, notamment quand on prend conscience qu'on ne connaît pas le syndrome du choc toxique (SCT), mais après la peur viennent la colère et l'incompréhension. Pourquoi n'a-t-on jamais entendu parler de lui auparavant ? De quoi s'agit-il exactement ?

Le syndrome du choc toxique est une maladie infectieuse aiguë provoquée par la pénétration dans le sang de toxines sécrétées par le staphylocoque doré. Même s'il reste rare, il inquiète le monde scientifique qui, pour l'instant, n'y trouve pas d'explications. *Staphylococcus aureus*, le staphylocoque doré, est une bactérie naturellement présente chez certaines personnes, mais qui peut être à l'origine de graves infections. Le Pr Gérard Lina affirme, dans un article paru sur Pourquoidocteur.fr, que, « pour qu'un choc toxique se produise, il faut des fluides menstruels et un blocage qui s'y oppose. Les fluides servent en quelque sorte de milieu de culture. Si la protection périodique est portée trop longtemps, le risque de développement du staphylocoque augmente. Plus le tampon a une forte capacité absorbante, plus le risque est élevé ». Selon lui, les personnes menstruées sont mal informées de cela à cause du tabou des règles. Là-dessus, il ne nous apprend rien : l'éducation aux menstruations se fait majoritairement de mère en fille ou entre

UNE BONNE COUCHE DE SOLIDARITÉ

Selon un sondage mené par l'Ifop en 2019[2], en France, 1,7 million de personnes seraient en manque de protections menstruelles. Dans ce même sondage, on apprend que 39 % des femmes les plus précaires n'en disposent pas suffisamment. Cette précarité peut avoir un impact non seulement sur la santé, mais aussi sur les relations sociales et la vie professionnelle ; certaines femmes affirment avoir déjà manqué des rendez-vous, des jours de travail ou des cours parce qu'elles n'avaient pas de protections hygiéniques. Fort heureusement, des associations comme Règles élémentaires ou Dons solidaires collectent des protections périodiques afin de les redistribuer à des organisations comme le Samu social ou Les Restos du cœur. Bravo et merci à elles !

amies. Avec cette histoire, on prend surtout conscience que l'on est toutes exposées à un risque, mais certaines plus que d'autres. En effet, le risque d'infection augmente si la protection périodique est portée trop longtemps ou si elle est ultra-absorbante. Ce qui veut dire que les personnes menstruées en situation de précarité y sont plus exposées que les autres car, faute d'avoir facilement accès aux protections menstruelles, elles sont plus enclines à les porter trop longtemps – *j'en profite pour saluer les associations qui font un travail formidable pour faciliter l'accès aux protections périodiques pour les personnes dans le besoin.*

LES RÈGLES ONT CHANGÉ

Il existe aujourd'hui de plus en plus de documentaires, de livres et de comptes dédiés aux règles qui abordent le sujet sans tabou pour nous éduquer, mais l'autocensure est parfois tellement forte que certaines personnes n'osent pas les consulter. Personnellement, ça va faire plus de quatorze ans que j'ai mes règles, et la société dans laquelle j'ai grandi a dépensé plus d'énergie pour m'apprendre qu'elles étaient honteuses que pour m'éduquer sur le sujet et me sensibiliser à leurs risques potentiels. Je me souviens en revanche des publicités sur fond coloré et avec du sang bleu qui promettaient, pour « mieux vivre ses règles », un parfum délicat de lavande et des serviettes si fines qu'elles étaient à peine perceptibles – *alors qu'on sait toutes qu'elles finissent par se barrer sur le côté pour se coller aux fesses.* En réalité, qu'est-ce qu'il y a d'hygiénique dans ces produits ? Certainement pas leur composition ! J'aimerais vous en faire le détail, mais malheureusement elle est introuvable. Il serait peut-être temps d'arrêter de prendre les personnes menstruées pour des poires, de lever le tabou autour des règles et de commercialiser des protections menstruelles saines – *attention, je n'ai rien contre les poires, c'est délicieux dans une tarte amandine !*

Les protections périodiques font partie de nos dépenses mensuelles. Nous nous sommes habituées à ce rendez-vous du mois où l'on stagne devant le rayon des protections hygiéniques, ne sachant pas vraiment quoi choisir, si ce n'est la boîte la plus attrayante ou la moins chère. Parfois on oublie d'en acheter, ce qui provoque une minipanique et l'allongement de la dette que l'on a envers sa pote à qui on doit déjà 48 tampons et 133 serviettes. Tous les mois, des culottes en coton deviennent les sacrifiées du tiroir, risquant de finir tachées ou trouées. Mais si, pendant longtemps, on a cru ne pas pouvoir se protéger autrement qu'avec des tampons ou des serviettes, de nouvelles possibilités s'incrustent aujourd'hui dans les rayons. En effet, on voit de plus en plus de culottes menstruelles, de serviettes lavables ou de cups, notamment à la suite de nombreux scandales autour de la composition cachée

SYSTÈME D

Les femmes étaient autrefois obligées de redoubler de créativité pour improviser des protections menstruelles : certaines utilisaient des linges en forme de culotte ou placés dans les sous-vêtements, qu'elles faisaient ensuite bouillir dans des marmites pour bien les laver. À l'inverse, d'autres, notamment dans les zones rurales, prenaient soin, quand elles avaient leurs règles, de ne pas mettre de sous-vêtements ; elles portaient des vêtements larges et laissaient ainsi une traînée de sang derrière elles – *bien plus efficace que les miettes de pain du Petit Poucet !* Il a fallu attendre la fin du XIXe siècle pour voir apparaître l'ancêtre de la serviette hygiénique : la ceinture en caoutchouc – *n'hésitez pas à chercher une image sur Internet, c'est assez spectaculaire.* On la mettait autour de la taille et elle permettait de placer, au niveau de l'entrejambe, une serviette-éponge assez épaisse. D'après certains témoignages, ce n'était pas si inconfortable, et le produit a connu des évolutions, puisqu'il a été commercialisé jusque dans les années 1970 ! À peu près à la même époque a été inventé le tampon, commercialisé avec applicateur en 1936, mais il a fallu attendre plusieurs années avant de pouvoir le trouver dans de nombreux commerces et à un prix abordable.

des produits jetables. Dans le cas des culottes menstruelles, l'option n'est saine que si on fait attention à bien les choisir : il faut privilégier les matières naturelles comme le coton biologique et s'assurer que les matières synthétiques soient au moins certifiées Oeko-Tex, sinon ce n'est pas plus sain pour la vulve qu'une serviette lambda. Ça reste tout de même un premier pas encourageant, bien que ça ait un coût. Comptez entre 30 et 40 euros pour une culotte menstruelle ou un lot de serviettes lavables. Autre option moins coûteuse : la cup, une bonne solution qui peut faire un peu peur quand on ne sait pas s'en servir, mais, une fois le coup de main acquis, c'est pratique et très économique, à condition de bien l'utiliser – la cup fait elle aussi stagner les menstruations, il est donc préférable de la vider régulièrement pour ne prendre aucun risque. Même s'il est encore un peu tôt pour le vérifier, on pense que ces nouvelles protections sont plus saines – *et plus écologiques !*

Si, pendant longtemps, on a cru ne pas pouvoir se protéger autrement qu'avec des tampons ou des serviettes, de nouvelles possibilités s'incrustent aujourd'hui dans les rayons.

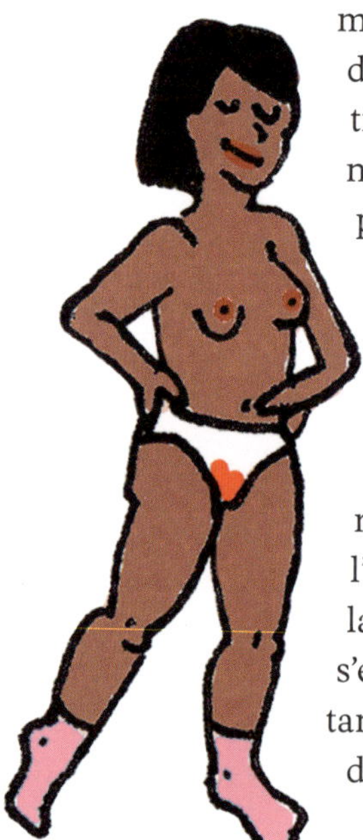

Peut-être que, dans un avenir proche, toutes les personnes menstruées auront accès à des protections périodiques saines remboursées par la Sécurité sociale dès l'arrivée des premières règles. On peut y croire : en 2020, la France a pris de premières dispositions encourageantes, s'engageant à lutter contre la précarité des étudiantes en mettant à leur disposition dans les résidences universitaires des distributeurs gratuits – *alléluia !*

VAGIN FRAÎCHEUR

Autre secteur marketing qui n'a pas mal au cul : celui de l'hygiène intime. Dans ce domaine, on dépense beaucoup de temps et d'énergie à créer des produits parce que ça s'aligne parfaitement avec le tabou qui l'entoure. La stratégie ? Nous faire croire que le vagin est sale, que les règles sont sales, que les pertes sont mauvaises, qu'il faut sentir bon ou avoir une sensation de fraîcheur – *depuis quand mon vagin est un ventilateur ?* Tout cela se révèle être un plan efficace et rentable. Comme rien n'est mis en œuvre pour éduquer sur le sujet, il est facile de croire que ces produits sont nécessaires à notre bien-être. Ce que les publicitaires se dispensent de dire, c'est que le vagin est un boss en matière d'hygiène : il est super intelligent et n'a besoin de personne. C'est un organe qui se nettoie très bien tout seul, comme un grand. Il faut dire qu'il est aidé par une équipe de choc : il est recouvert d'une muqueuse abritant un mélange de bactéries qui le protègent des infections – c'est ce qu'on ap-

À CROIRE QU'ON S'EN TAMPONNE !

Bon, il va falloir être patient, parce qu'il y a encore beaucoup à faire ! Alors qu'en novembre 2020, l'Écosse s'est engagée à fournir des protections périodiques gratuites à toutes les personnes menstruées, la France, elle, peine à avancer sur le sujet. En 2015, le collectif féministe Georgette Sand est parvenu à faire supprimer la taxe tampon, ce qui a permis de passer la TVA sur les protections hygiéniques de 20 à 5,5 %. C'est un premier pas, mais cela ne permet pas de remédier à la précarité menstruelle. Plus récemment, une pétition accompagnée du hashtag #Paietesrègles a été lancée par Axelle de Souza pour demander au gouvernement d'agir plus efficacement. Cette dernière milite pour que les protections hygiéniques soient prises en charge à 100 % par la Sécurité sociale pour les personnes les plus précaires. Si depuis, Agnès Buzyn et Marlène Schiappa se sont engagées à augmenter la disponibilité des protections périodiques, le gouvernement, lui, n'a pas encore donné suite à la demande... Croisons les doigts – *enfin les jambes, pour le coup !*

pelle la flore vaginale. Celle-ci est assez fragile, il faut la chouchouter. Pour cela, on élimine les produits chimiques, qui l'irritent tous sans exception et créent un déséquilibre. Au diable le déodorant vaginal, le talc, les douches ou le sauna (qui consiste à s'asseoir au-dessus d'une bassine d'eau bouillante) vaginaux, rien de tout cela ne nettoie le vagin ! La seule et unique chose qu'il tolère, c'est qu'on lui foute la paix, tout simplement.

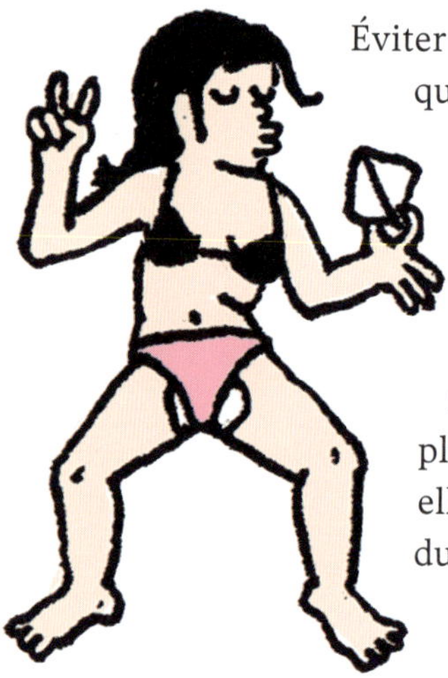

Éviter ce genre de produits ou de pratiques ne veut pas dire que l'on ne prend pas soin de son vagin, au contraire : la flore vaginale ne se portera que mieux si on ne la dérange pas, et elle ne manquera pas de nous informer quotidiennement de son état. C'est même une vraie commère : son système autonettoyant met tout en place pour se débarrasser de ce qui n'est pas désirable, évacuant ainsi ce qu'on appelle les leucorrhées, plus connues sous le nom de pertes blanches. Ce sont elles qui évacuent les déchets métaboliques à l'extérieur du corps – *même si on parle de déchets, ça n'a rien de sale, évidemment !* Pour bien les comprendre, il est indispensable d'apprendre à connaître les siennes : de quelle couleur sont-elles habituellement ? Sont-elles plus ou moins abondantes avant les menstruations ? Leur odeur est-elle habituelle ? Cela permet de détecter d'éventuelles anomalies et d'agir en conséquence.

En ce qui concerne la vulve, quelques réflexes sont bons à avoir pour préserver son écosystème : un seul lavage par jour avec un peu d'eau chaude suffit, ou avec un savon doux en surface dans certains cas, puis on essuie délicatement, et rien d'autre. Pour les rapports sexuels, que ce soit à plusieurs ou en solo, on se lave les mimines avant ! Une fois les réjouissances terminées, on n'oublie surtout pas la pause pipi, et on en profite pour s'essuyer de l'avant vers l'arrière, mais jamais l'inverse, sinon on augmente les risques de prolifération de bactéries dans l'urètre. Notez que la vulve est un peu une diva et qu'elle a besoin d'espace : il ne faut donc pas hésiter à retirer sa culotte pour dormir, et évitez les pantalons trop serrés au quotidien.

UN STYLE AU POIL

Comme toute diva qui se respecte, la vulve mérite le meilleur des brushings – *hé hé, vous pensiez sincèrement que je n'allais pas parler des poils pubiens ?* On pourrait s'étaler longtemps sur le marketing de l'épilation, et de nombreux livres vous en diront plus que moi sur le sujet, mais j'en profite tout de même pour me faire l'avocate du poil pubien. Selon une étude[3], 62 % des femmes s'épilent intégralement le pubis, notamment pour des raisons d'hygiène. Encore une fois, le manque d'informations sur le sujet rend service au pôle marketing des vendeurs de rasoirs roses : si, depuis quelque temps, l'épilation intégrale est très tendance, elle n'a rien d'hygiénique, au contraire ! Les poils sont un rempart naturel contre les infections et protègent aussi des frottements qui pourraient entraîner des lésions cutanées. Bien évidemment, si on n'aime pas les poils, il est tout à fait possible de les tailler, pourvu qu'ils protègent toujours la vulve. Et on peut les chouchouter avec des huiles végétales, par exemple de l'huile de pépin de raisin. *Bon, en revanche, on évite de leur faire des tresses ou une couleur, hein.*

Enfin, puisque aujourd'hui les hommes consomment de plus en plus de cosmétiques, vous vous doutez bien que le marketing du cul s'attaque aussi à l'hygiène du pénis ! Après les gels douche pour hommes – *qui rendent plus viril* –, découvrez les déodorants pour testicules, les parfums pour chibre ou les crèmes à gland ! Pourtant, même si le pénis n'est pas autonettoyant comme le vagin, il n'est pas capricieux en termes de soins. Comme pour la vulve, une toilette par jour suffit – *tu peux te laver une fois, mais pas quinze !*

Pas besoin de savonner chaque fois, il faut simplement y aller en douceur avec de l'eau chaude, sinon ça risque de déséquilibrer les mécanismes de défense de la peau et des muqueuses, et de favoriser les irritations et les infections. En cas de rapport anal ou de contact avec du sang menstruel, on n'hésite pas à rincer pour se débarrasser des bactéries. Pour finir, le pénis n'aime pas non plus l'épilation intégrale, donc il est préférable de tailler ou couper les poils – *on évite les tie and dye, par contre.*

Profiter d'un tabou pour se faire de l'argent, c'est moche. Faire des profits en s'appropriant les mécanismes de l'hygiène intime tout en se faisant passer pour un bienfaiteur, c'est grave, c'est dangereux, et c'est malheureusement loin d'être nouveau. Certaines marques vont même plus loin pour vendre davantage : on a ainsi vu des sociétés créer des gammes de produits de toilette intime pour fillettes ou des crèmes dépilatoires pour jeunes filles. Si, dès l'enfance, on nous offrait une réelle éducation à l'hygiène intime, on sentirait plus la confiance que la rose. Une bonne fois pour toutes, c'est en revenant à l'essentiel qu'on apprend à mieux se connaître, et les choses simples sont parfois les meilleures – *parce que nous le valons bien !*

1 « Syndrome du choc toxique : une jeune fille de 16 ans décède dans son sommeil à cause de son tampon », publié sur Pourquoidocteur.fr le 29 juin 2018.

2 « Hygiène et précarité en France », sondage Ifop pour Dons solidaires, février 2019.

3 Étude réalisée en 2016 par des chercheurs de l'université de Californie à San Francisco et publiée dans la revue JAMA Dermatology.

Des mots sur les maux

Durant plusieurs années, j'ai souffert d'un dysfonctionnement inexpliqué. Je ne me suis sentie libérée que le jour où j'ai su de quoi il s'agissait, quand j'ai pu le nommer. On sous-estime souvent la puissance des mots, pourtant certains peuvent blesser, alerter ou meurtrir, alors que d'autres rassurent, consolent, apaisent, voire libèrent. C'est une réalité qui vient s'ajouter à la nôtre, une évolution dans notre esprit, d'où l'importance de nommer les émotions. Certains dysfonctionnements ou certaines maladies mériteraient qu'on parle d'eux pour faire avancer les choses, mais ils mettent parfois du temps à atteindre la sphère publique. J'ai donc voulu m'intéresser à trois phénomènes dont on entend de plus en plus parler – peut-être que vous les connaissez déjà, ou peut-être pas. Autant prévenir : il ne s'agit pas là de nouveautés, mais c'est la prise de parole sur ces sujets qui est récente.

L'ENDOMÉTRIOSE

En février 2017, la chanteuse Imany est invitée dans l'émission de Laurent Ruquier *On n'est pas couché*. Durant l'interview, elle se livre sur son combat contre l'endométriose : elle parle notamment de son vécu, de son rôle d'ambassadrice au sein de l'association Endomind et du tabou des règles. Dès le lendemain, les médias s'emparent du sujet, et l'on découvre ainsi des témoignages, des documentaires, des associations, des groupes de parole et des événements liés à l'endométriose !

BORDEAUMÉTRIOSE

Pas peu fière d'être bordelaise ! La ville de Bordeaux – *Chocolatine City* – est la première à proposer un centre dédié à l'endométriose. En effet, depuis début 2021, la clinique Tivoli-Ducos accueille l'IFEM Endo (Institut franco-européen multidisciplinaire d'endométriose), une structure unique créée par trois médecins experts en endométriose. Le centre propose une prise en charge globale et sur mesure aux personnes atteintes d'endométriose, même pour les formes les plus sévères. Une révolution dans le monde médical !

Si on connaît cette maladie depuis la fin du XIXe siècle, on a encore du mal à la comprendre et à la traiter. Mais alors, de quoi s'agit-il exactement ? Lorsqu'on cherche des infos dans des livres ou sur Internet, une phrase revient souvent : « L'endométriose est une maladie complexe » – *j'en doute pas*. C'est une maladie chronique qui, dans certains cas, peut être asymptomatique ; dans d'autres, elle cause de fortes douleurs, notamment gynécologiques. Il s'agit d'une affection de l'endomètre, la muqueuse qui tapisse l'intérieur de l'utérus : les cellules qui le composent migrent alors hors de l'utérus et colonisent d'autres organes, provoquant des inflammations. Aujourd'hui encore, on ne sait pas vraiment comment elle se développe, d'autant plus qu'elle ne le fait pas de la même façon d'une personne à l'autre.

On met en moyenne entre six et dix ans pour diagnostiquer l'endométriose, faute de connaissances, de communication, de moyens et de dispositifs adaptés.

L'endométriose est à l'origine de douleurs pelviennes invalidantes et peut être une cause d'infertilité. Pour apaiser les douleurs, il existe des traitements comme la prise en continu de la pilule pour empêcher les saignements ou la prise d'ibuprofène pour réduire l'inflammation. Dans certains cas, on utilise des moyens plus sophistiqués comme la chirurgie ou des traitements hormonaux lourds. Si vous pensez en être atteinte, consultez le plus rapidement possible pour ne pas laisser la maladie se développer. Bien qu'elle touche une femme sur dix en France, elle n'a pas livré tous ses secrets, et on peine encore à la comprendre. Certaines personnes dénoncent une médecine à deux vitesses, d'autres mettent l'accent sur les manquements du monde médical. Quoi qu'il en soit, même après plusieurs consultations chez différents thérapeutes, beaucoup de personnes se retrouvent sans diagnostic précis, au point que l'on met en moyenne entre six et dix ans pour diagnostiquer l'endométriose, faute de connaissances, de communication, de moyens et de dispositifs adaptés.

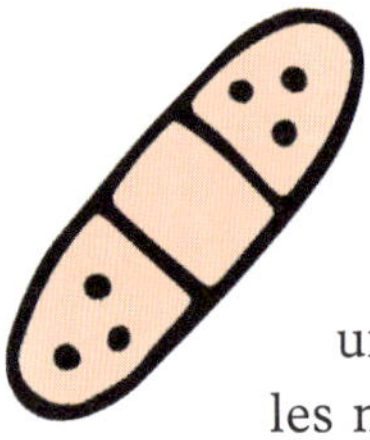

En réalité, l'endométriose change les règles – *pas peu fière de mon jeu de mots.* Socialement, elle pose problème parce qu'elle inscrit les douleurs menstruelles dans une réalité. Car chaque mois, en plus des douleurs, les femmes subissent un manque de considération de leur état. Sous prétexte que les menstruations sont vieilles comme le monde et qu'elles sont censées faire mal, d'innombrables générations de femmes se sont pris dans la gueule qu'elles n'étaient pas les premières à souffrir et qu'elles n'avaient pas à se plaindre. Depuis qu'on parle de l'endométriose, on remet le peu de connaissances que l'on a en question, et on les écoute enfin. On ne peut pas se réjouir quand on sait que des millions de femmes souffrent chaque mois, mais on peut célébrer le fait qu'elles soient enfin entendues. Pour contrer le silence et la censure autour des règles qui règnent depuis des siècles, il est indispensable de dédramatiser et d'éduquer sur le sujet. C'est ce qu'ont commencé à faire des personnalités comme Énora Malagré, Laëtitia Milot, Lorie ou encore Julie Gayet, qui témoignent régulièrement et qui mènent partout en France des actions de sensibilisation avec des associations. Le message est simple, mais le tabou est encore difficile à briser en 2021. Une bonne fois pour toutes, il est temps de faire savoir que non, les douleurs menstruelles ne se manifestent pas de la même manière chez tout le monde, et elles n'ont pas la même intensité au fil des mois. Oui, il est possible d'avoir toujours bien vécu ses règles et que cela devienne un enfer du jour au lendemain. Non, il n'est pas normal de souffrir le martyre chaque mois, et non, les douleurs ne doivent pas être banalisées. Le Spasfon n'est pas la solution à tout – *même si c'est sympa parce que ça ressemble à des Smarties.*

Non, il n'est pas normal de souffrir le martyre chaque mois, et non, les douleurs ne doivent pas être banalisées.

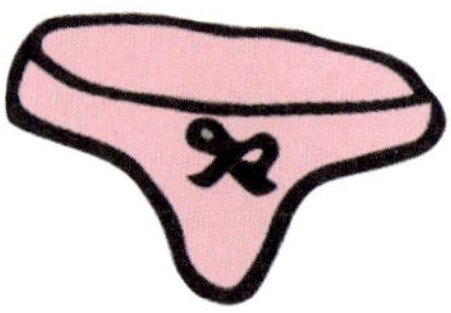

LE VAGINISME

Tout comme pour l'endométriose, la découverte du vaginisme n'est pas récente, mais on ne l'évoque que depuis peu. Peut-être en avez-vous déjà entendu parler sur les réseaux sociaux ou dans des livres, mais même si on se doute, à cause de son nom, qu'il se localise au niveau du vagin, on ne le comprend pas pour autant. Le vaginisme est un spasme réflexe des muscles pelviens qui entourent le vagin. Pour faire simple, c'est un peu comme quand on se met le doigt dans l'œil : l'œil reconnaît la douleur et se ferme automatiquement pour se protéger. Le vaginisme, c'est plus ou moins la même chose, mais avec le vagin.

Si ce dernier a ce réflexe de défense lors d'une pénétration, c'est parce qu'il communique avec le cerveau, qui cherche à se protéger : l'inconscient envoie un message de refus, créant ainsi des contractions musculaires involontaires. Le vaginisme est donc un trouble psychologique, mais qui s'exprime par une réaction physiologique : on appelle ça un trouble psychophysiologique. Ce n'est pas parce qu'il s'agit d'un phénomène psychologique qu'il n'est pas à prendre au sérieux ou que la douleur n'est pas réelle, loin de là ! Si on souffre lors d'une pénétration, c'est peut-être parce que le corps cherche à faire passer un message : il a une mémoire, il garde en lui les bons comme les mauvais souvenirs et communique constamment avec nous – *une vraie pipelette !*

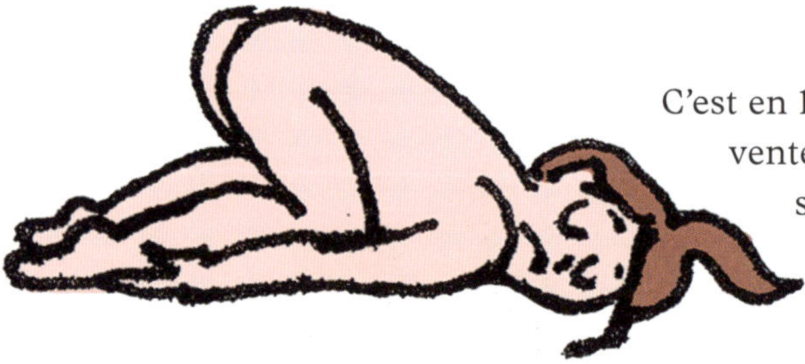

C'est en 1862 que James Marion Sims invente la notion de vaginisme, même si sa définition n'est pas celle qu'on lui connaît aujourd'hui car, à l'époque, on n'intègre pas encore sa dimension psychologique. Vers le début du XXe siècle, on commence à comprendre que les douleurs sont causées par des facteurs psychologiques et émotionnels. Depuis, le vaginisme est connu du monde médical, mais reste assez obscur pour le grand public. Selon les chiffres officiels, 1 % des femmes souffriraient de vaginisme[1], mais on ne peut que douter de leur véracité. En effet, le manque d'éducation sexuelle et la banalisation des douleurs lors d'une pénétration vaginale ne permettent pas aux femmes qui en souffrent d'y voir une anomalie et de chercher à y remédier. Je l'ai vécu personnellement pendant plusieurs années, et j'ai moi-même douté. Longtemps, on m'a rabâché que la pénétration vaginale pouvait être douloureuse et que c'était normal. De mauvaises rencontres m'ont confortée dans mon mal-être ; l'ancienne gynécologue de ma mère, par exemple, lorsque je lui expliquais que je souffrais à chaque pénétration, me répondait : « Détendez-vous et ça ira mieux » – *Ah ! Je n'y avais pas pensé ! Qu'est-ce que je suis tartignolle, parfois !*

Le vaginisme peut être plus ou moins prononcé selon les personnes. Pour certaines, il est global, c'est-à-dire qu'il s'exprime dans toutes les situations et pour toute tentative de pénétration – par un doigt, un tampon, ou encore pour un examen gynécologique. Chez d'autres personnes, il est dit partiel : il ne se manifeste que dans des cas spécifiques, comme lors de la pénétration d'un pénis, mais pas dans d'autres, par exemple l'introduction d'un tampon. S'ajoutent à ça deux types de vaginisme : le vaginisme primaire et le vaginisme secondaire. Le premier se manifeste généralement assez tôt dans la vie d'une femme, par exemple lors des premiers examens gynécologiques ou des premières pénétrations vaginales. Le vaginisme secondaire, lui, peut apparaître plus tard dans la vie sexuelle. Enfin, de nombreux facteurs peuvent être à l'origine du vaginisme : il peut apparaître à la suite d'un traumatisme comme une agression sexuelle ou un rapport sexuel douloureux, mais aussi à cause d'une méconnaissance du vagin ou d'une peur de la douleur censée être liée à la pénétration. Entre le manque d'éducation sexuelle et la propagation de fausses croyances liées aux pénétrations douloureuses, les spéculations nourrissent une appréhension profonde et le vagin cherche à se protéger. Le vaginisme peut aussi se déclarer après un accouchement, la répétition d'infections ou toutes sortes de manifestations marquant le corps.

Tout de même, le vaginisme est loin d'être une fatalité : une fois le diagnostic posé, il existe différents moyens de s'en débarrasser. Premier réflexe à avoir : consulter un professionnel de santé qui pourra poser un diagnostic et déterminer le degré de vaginisme. Même si c'est tentant, il vaut mieux ne pas essayer de régler le problème seule, car ça pourrait avoir l'effet inverse : si on force les pénétrations, le corps retient la mauvaise expérience et va

CULPABILITÉ CHÉRIE

On aurait pu en rester à la douleur physique, c'était déjà bien suffisant, mais dans une société comme la nôtre, le vaginisme peut aussi se révéler problématique à d'autres points de vue. Comme nous vivons dans un monde où les relations sexuelles sont centrées sur la pénétration vaginale, les personnes qui en souffrent se retrouvent à nourrir un sentiment de culpabilité. Celui-ci peut naître à cause d'une appréhension personnelle ou, pire, de la réflexion d'un proche – *par exemple, un de mes ex, lors de nos rapports sexuels, était ravi de constater que je souffrais, car il croyait que c'était dû à la taille de son sexe. Vous vous doutez bien que, tout comme nos rapports, notre relation n'a pas duré longtemps.* Le vaginisme étant encore trop peu connu, des femmes en viennent parfois à se mentir à elles-mêmes, mais aussi aux autres ; si elles ont du mal à comprendre ce qui leur arrive, comment espérer que les autres en soient capables ? D'où l'importance d'une réelle éducation sexuelle.

accentuer ses réflexes douloureux. Le plus important est de détecter la source du problème ; après ça, le professionnel de santé proposera des solutions adaptées pour entamer une rééducation sexuelle. Pour ma part, j'ai eu la chance de rencontrer une sexologue qui a changé ma vie. Après quelques séances, nous avons pu déceler l'origine de mon vaginisme et nous avons discuté des possibilités de rééducation qui s'offraient à moi – *autant vous dire que j'ai eu « libérééééée, délivréééée » dans la tête durant une semaine ! Je sais que vous me détestez, maintenant.* Le but de cette rééducation sexuelle est de se réapproprier son corps et d'apprendre à dompter les sensations. Encore une fois, les solutions sont variées. Dans certains cas, seul un accompagnement psychologique accompagné de quelques exercices peut être nécessaire ; dans d'autres cas, on peut avoir recours à des dilatateurs progressifs. Vous savez probablement à quoi ça ressemble si vous avez regardé la série *Sex Education* sur Netflix. Souvenez-vous de l'épisode où Lily – *on est d'accord pour dire que ce personnage est incroyable ?* – et sa copine couchent ensemble pour la première fois : la jeune fille confie son vaginisme à sa petite amie et sort une mallette remplie de cônes oblongs de différentes tailles que l'on devine destinés à la pénétration. Ça, ce sont des dilatateurs progressifs !

Faites-vous accompagner par des professionnels de santé et surtout, communiquez, n'ayez pas honte !

Briser le tabou du vaginisme et changer notre vision du sexe, notamment dans les couples hétérosexuels, permettrait aux personnes qui souffrent de comprendre que, bien qu'elle soit contraignante, cette difficulté n'est pas forcément un frein à l'épanouissement sexuel. Si je peux adresser un mot à toutes les personnes qui en souffrent : ça va aller, ne prenez pas d'initiatives personnelles, faites-vous accompagner par des professionnels de santé et surtout, communiquez, n'ayez pas honte ! C'est votre corps, il vous parle, écoutez-le, il est bavard – *après tout, certains parlent à leur chibre, alors pourquoi ne communiqueriez-vous pas avec votre vagin ?*

LA CHARGE SEXUELLE

Dans ce chapitre – *oh là là, il faut que je pense à préparer les valises !* –, j'aimerais aborder un sujet vieux comme le monde – *enfin, avant de préparer les valises, il faudrait que je plie le linge* –, mais dont on ne parle que depuis quelque temps – *d'ailleurs, il va falloir que je relance une machine, il n'a plus de caleçons* –, puisqu'on n'en a pris conscience que lorsque les femmes ont quitté le foyer familial pour entreprendre une carrière professionnelle – *putain, faut pas que j'oublie de vider le frigo avant de partir, aussi !* BON ! Est-ce que je vais réussir à terminer ma phrase, oui ou non ? Vous l'aurez compris, je parle de la charge mentale, cette chose aussi lourde qu'insupportable. En France, c'est la dessinatrice Emma qui a popularisé ce concept en l'illustrant avec justesse dans une bande dessinée diffusée sur les réseaux sociaux. La charge mentale, c'est le fait de penser à tout, tout le temps. C'est gérer l'ensemble des choses qui concernent le foyer, ce qui implique aussi de faire des listes pour indiquer aux autres membres de la famille ce qu'ils ont à faire, d'anticiper les sorties, les événements, etc. Et tout ça, on le gère souvent en parallèle de son activité professionnelle. Le concept parle à beaucoup – trop – de monde, et plusieurs initiatives sont nées pour dénoncer ce poids qui pourrit la vie de nombreuses personnes, notamment des femmes, comme le compte « T'as pensé à... ? » de Coline Charpentier, sur lequel elle partage de nombreux témoignages, ou le guide d'autodéfense qu'elle a écrit sur le sujet – **part lancer une machine**.

Si cette charge mentale est déjà bien lourde, une autre a tout autant de poids : la charge sexuelle – *il est quelle heure ? Faut pas que j'oublie ma pilule*. C'est la charge mentale liée à l'entretien de la vie érotique et à la santé reproductrice. Les journalistes Clémentine Gallot et Caroline Michel ont d'ailleurs écrit le livre *La Charge sexuelle. Désir, plaisir, contraception, IST... encore l'affaire des femmes* pour éveiller les consciences et dénoncer ce mécanisme invisible qui peut être pesant voire destructeur pour de nombreuses femmes – *faut que je me rase les jambes aussi.* Ce labeur invisible s'exprime à plusieurs plans, notamment celui de la santé sexuelle, et creuse les inégalités.

La contraception, cette question que l'on considère comme presque exclusivement féminine, est une des premières charges sexuelles qu'une femme est susceptible de rencontrer dans sa vie. Un déséquilibre systémique apparaît dès le début de sa vie sexuelle, avec les consultations gynécologiques à répétition, le choix d'une contraception à faire dès l'adolescence, la prise quotidienne de la pilule pour certaines ou la surveillance du calendrier pour d'autres... Son corps qui évolue ne fait qu'augmenter cette charge en lui ajoutant des responsabilités : assumer les lourdes conséquences psychologiques et physiologiques d'une contraception pas adaptée, prendre des rendez-vous gynécologiques pour y remédier, choisir une nouvelle contraception, calculer les retards menstruels, acheter des tests de grossesse, assumer une interruption volontaire de grossesse, etc.

Comme on considère que la capacité reproductrice d'une femme est de son propre intérêt, on estime logique qu'elle en porte le poids social et économique. Pourtant, bien qu'on en parle moins, des contraceptifs destinés aux hommes existent et sont tout aussi efficaces ! Il faut admettre que c'est un sujet qui intéresse de plus en plus d'hommes qui souhaitent se réapproprier cette responsabilité en ne se limitant plus au simple port du préservatif. Si porter le poids de la charge sexuelle se révèle parfois épuisant, être dénué de toute responsabilité peut aussi être contraignant. Dans les faits, ne pas assumer la contraception, c'est perdre le contrôle sur les conséquences potentielles de son activité sexuelle. C'est pour cela que des hommes consultent

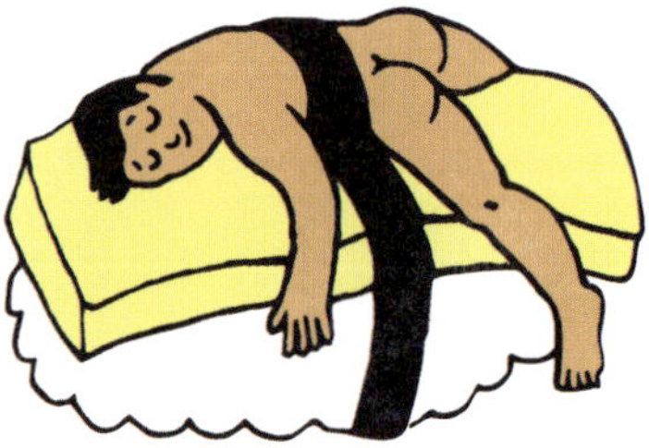

dorénavant des professionnels de santé pour en savoir plus sur les caleçons chauffants ou la vasectomie, et espèrent même la mise en vente d'une pilule contraceptive adaptée.

Autre poids qui s'ajoute sur la balance : l'entretien de la vie érotique. Il est accentué dans les rapports hétérosexuels, où les femmes se sentent responsables du plaisir de leur partenaire, de l'entretien du désir et de la fréquence des rapports. J'ai notamment ressenti cet aspect de la charge sexuelle avec mes p'tits culs durant le premier confinement : je recevais quotidiennement des messages de détresse à ce sujet. Avec la baisse de leur libido, certaines femmes m'ont avoué se forcer à avoir des rapports sexuels au moins une fois par semaine pour éviter qu'on leur reproche de ne pas entretenir cette activité. En plus de la perte d'une certaine spontanéité, le sexe devient alors une tâche, une pression, voire un devoir. Cette mutation du « j'ai envie » en « je dois » est ancrée dans notre culture au point que certaines personnes qui la subissent la nourrissent à leur tour et la transmettent en héritage social.

L'inactivité fait aussi partie de l'activité sexuelle ; c'est l'occasion rêvée de se donner de l'affection autrement, de communiquer ses envies et ses émotions, et ce n'est pas forcément mauvais signe !

Pour mieux comprendre, voyons un exemple bien chiant mais parlant : la célèbre idée selon laquelle « si on ne baise plus, c'est qu'on ne s'aime plus ». On ne fait pas que l'entendre : plein de petites choses au quotidien nous poussent à y adhérer ! Au cinéma par exemple, si on veut filmer une scène faisant référence à la monotonie et à la routine dans un couple, on le mettra en scène dans un lit où il fera tout, sauf baiser. Il est également probable qu'une dispute éclate, avec le reproche : « On ne baise plus, Brandon ! » – *à lire avec un mauvais accent*. La presse, notamment féminine, donne des conseils pour remédier à l'inactivité sexuelle, que ce soit par l'entretien de son apparence et de sa désirabilité ou par des actions visant à donner du plaisir à l'autre. Même si ça peut paraître insignifiant, si une personne lit régulièrement ce genre d'articles, elle va peu à peu se sentir responsable de l'épanouissement de son ou sa partenaire et le transformer en devoir. Pourtant, l'inactivité fait aussi partie de l'activité sexuelle ; c'est l'occasion rêvée de se donner de l'affection autrement, de communiquer ses envies et ses émotions, et ce n'est pas forcément mauvais signe ! Tous les stéréotypes et idées reçues du genre « le sexe, c'est le ciment du couple » ou « si tu ne baises pas au moins une fois par semaine, c'est pas normal » amplifient et alourdissent la charge sexuelle.

Il n'y a pas de miracle : le seul moyen d'y remédier, c'est de communiquer sur le sujet et d'y sensibiliser le plus grand nombre de personnes pour que ce soit enfin pris au sérieux. Mais ça demande du temps, car ce n'est pas parce qu'un dialogue s'ouvre que les problèmes disparaissent aussitôt, et en attendant, la charge s'alourdit et les esprits s'échauffent. Finalement, le plus facile serait d'avoir une formule magique pour que la charge sexuelle disparaisse – est-ce que *« bibbidi-bobbidi-boo » peut faire ça plutôt que de transformer des légumes en carrosse ? Ça serait vachement plus utile, quand même.*

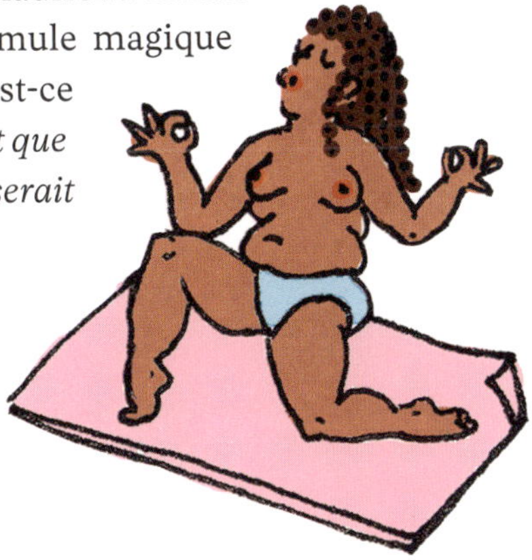

[1] « Vaginisme : des solutions pour mettre fin à ce trouble sexuel », article d'Anne-Laure Lebrun publié sur Lefigaro.fr santé le 9 juin 2019.

CINQ JOURS, TROIS LETTRES

Vous voyez ce genre de matins où rien ne se passe comme prévu ? Je suis sûre que oui. Entre le retard, les nerfs à vif et cette nuit qui vous a paru bien trop courte, vous ne pouvez vous empêcher de tout remettre en question. Vous venez d'arriver au travail et... Ah ! Voilà votre collègue, serein, avec son café déjà prêt – *forcément, puisqu'il arrive toujours avant tout le monde* : « Eh bah ? T'es énervée ? T'as tes règles ou quoi ? » Vous le regardez, blasée. Moi, dans ces moments-là, je me répète que le meurtre n'est pas légal et que, même si ce n'est pas l'envie qui me manque, je ne vais rien faire : c'est un collègue, tout de même. Un café au sol et une tache sur le chemisier plus tard, je reprends mes esprits. D'un coup, je réalise quelque chose : je suis en SPM. Non, ça ne veut pas dire « stp pars maintenant », mais « syndrome prémenstruel ». Le célèbre « gloubi-boulga » de symptômes qui s'invite dans votre journée déjà mal partie.

C'est le rendez-vous du mois qui, généralement, se manifeste une semaine avant les règles. Le syndrome prémenstruel est créatif car, en plus de changer de forme et d'intensité d'une personne menstruée à l'autre, il ne cesse de nous surprendre au fur et à mesure qu'on vieillit. D'un coup, il nous est impossible de comprendre pourquoi cette migraine, auparavant supportable, nous terrasse. Ou encore d'où provient cette constipation ni même comment nos seins peuvent peser si lourd ! Vous vous retrouvez peut-être dans mon discours ? Ou pas du tout ? C'est normal, car le syndrome prémenstruel est un artiste, chaque personne menstruée est sa muse, il se réinvente en chacune. Pour couronner le tout, en plus des diverses douleurs physiques, une forme de solitude peut surgir de nulle part – *on adore, c'est exactement ce qu'il fallait !* Selon une étude sur le syndrome prémenstruel parue en 2007[1], 75 % des personnes menstruées connaissent cette situation... Attendez, 75 % ?! Mais comment se fait-il qu'on n'en sache pas plus sur le sujet ? Vous le connaissiez, vous, avant d'en subir les effets ? Comment se fait-il qu'on ne nous l'apprenne pas à l'école ? Comment se fait-il que les magazines féminins en disent plus sur la meilleure position sexuelle à adopter selon notre signe astrologique ?

C'est bien simple, puisque c'est une souffrance invisible, il est loin d'être pris au sérieux, et comme on doute toujours de la véracité des douleurs d'une personne menstruée, on ne lui laisse pas d'autre choix que de se gérer toute seule. Du coup, elle se tait et se cache.

En rentrant chez moi ce soir-là, et en attendant que la bouillotte soit assez chaude pour soulager mes maux de ventre, je repense à la phrase de mon collègue. Comment lui en vouloir ? Si, étant une femme cis, je ne cesse moi-même de continuer à apprendre des choses sur mon corps, je ne peux pas lui reprocher son ignorance. Ce qui devrait être une base de notre éducation est en réalité une poussière que l'on cache sous le tapis, une chose que l'on ne nous explique pas car, sous prétexte que ce n'est pas glamour, on préfère nous en dispenser. *En revanche, là où mon collègue pourrait évoluer, c'est qu'une femme ou une personne à vulve peut être énervée sans avoir ses règles. En 2021, il serait peut-être temps d'arrêter de la décrédibiliser en ramenant ses réactions aux menstruations, non ?*

Le lendemain matin, un café à la main, je le croise à nouveau dans le couloir. Il est bougon. Je m'approche de lui et, même s'il n'en a pas envie, je me mets à lui parler du syndrome prémenstruel. Sur le moment, je me dis que même si c'est à petite échelle, c'est en discutant et en éduquant qu'on fait avancer les choses ! S'il ne le connaissait pas, maintenant c'est le cas, et si jamais il refait une réflexion, ça ne sera plus de la maladresse ou de l'ignorance, mais un choix. Quelques minutes plus tard, mission accomplie ! Me voilà satisfaite de mon laïus. Mon collègue me demande alors : « Et donc, t'as tes règles ou pas ? » *OK, c'est pas gagné...*

[1] « Le syndrome prémenstruel : revue générale », *Journal de gynécologie obstétrique et biologie de la reproduction*, volume 36, n° 7, 2007.

50 ans, game-ovaire ?

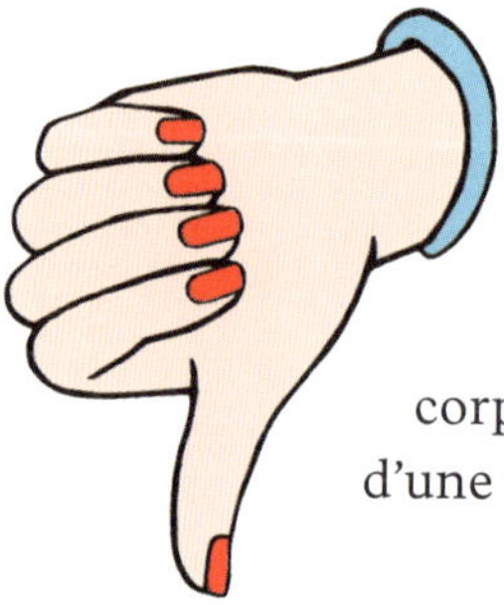

Début 2019, Yann Moix expliquait dans une interview[1] : « À 50 ans, je suis incapable d'aimer une femme de 50 ans. Je trouve ça trop vieux. [...] Elles sont invisibles. Je préfère le corps des femmes jeunes, c'est tout. Point. Je ne vais pas vous mentir. Un corps de femme de 25 ans, c'est extraordinaire. Le corps d'une femme de 50 ans n'est pas extraordinaire du tout. »

Même si certains prétextent une maladresse, la violence est bien là, et je doute qu'une personne dont le métier est de manier les mots ne mesure pas la gravité et le poids de sa déclaration. Au-delà d'une affaire de goûts, elle confirme l'existence d'une forme de discrimination : la cinquantaine n'est plus, en ces termes, le résultat de l'accumulation des années mais bien un cap, une catégorie de femmes à part. Et ce genre de propos ne fait qu'amplifier le mépris à son égard.

Et on aimerait bien, mais non, Yann Moix n'est pas une exception. Ce n'est un secret pour personne : notre société et notre culture ont un problème avec le vieillissement. Lectures, publicités et écrans ne cessent de répéter que le passage du temps n'a pas sa place dans le genre féminin.

Ce n'est un secret pour personne : notre société et notre culture ont un problème avec le vieillissement.

À ce sujet, on n'a pas vraiment inventé l'eau chaude. Au Moyen Âge, déjà, les femmes considérées comme âgées – *n'oublions pas que, à cette époque, l'espérance de vie était de 30 ans* – étaient victimes de moqueries, de mépris et de misogynie. On les accusait d'être des sorcières, ce dont témoignent les contes, par exemple. À la Renaissance, le culte de la jeunesse est là encore dominant et renforce le dégoût pour la femme vieillissante.

T'es plus belle que dans un an
(Mais t'es moins belle qu'il y à un an)

Soudain, en écrivant ces lignes, je ressens de la compassion pour la sorcière de Blanche-Neige : sa quête de beauté éternelle dans un monde qui ne retient que son âge est vaine. Et son miroir n'a rien de magique, il est le reflet de la société dans laquelle elle évolue, lui rappelant sans cesse que la gamine d'à côté est plus jeune, donc forcément plus belle, et qu'elle n'aura plus jamais ce que Blanche-Neige possède ! Pourtant, la seule chose qu'elle devrait envier à cette dernière, c'est de savoir faire le ménage avec des oiseaux, mais ce n'est pas la morale de l'histoire.

Je ressens de la compassion pour la sorcière de Blanche-Neige.

Là où Yann Moix a raison – *et ça m'arrache la gueule de le dire* –, c'est que les femmes abordant ou dépassant la cinquantaine deviennent « invisibles » : non pas parce qu'elles s'effacent volontairement, mais parce que tout est mis en œuvre pour qu'on ne les voie plus. Dans le monde de la mode, les carrières se terminent aux alentours de la trentaine, ou de la quarantaine pour une poignée de modèles iconiques. Même son de cloche dans l'univers du sport. Dans celui de la musique, les carrières les plus prodigieuses peuvent durer longtemps, à condition que la jeunesse se retrouve dans le style et le physique de l'artiste – *c'est pour ça qu'on s'étonne chaque fois qu'on entend que Jennifer Lopez a plus de 50 ans. Si, si, je vous jure !* En somme, aujourd'hui, il existe trop peu de représentations de la femme de 50 ans honnêtes et réalistes, assumant les traces de l'âge et les changements du corps. Pourtant, cette dernière mérite aussi sa place sur les podiums et dans les fantasmes. La cinquantaine peut être une période fabuleuse, mais on préfère se focaliser sur les changements physiques et hormonaux prétendument dramatiques comme la ménopause, à travers un scénario redoutable où épanouissement et bien-être sont proscrits ! Eh bien, pardon, Yann Moix, tu as eu droit à tes paragraphes de lamentations, mais tu n'auras pas le dernier mot. Prenons, nous aussi, quelques pages pour voir les choses autrement. Commençons par le commencement !

CHALEUREUSE HISTOIRE

« Il fait chaud, là, non ? »

Ma mère, alors qu'il faisait - 15 °C

Difficile de raconter l'histoire de la ménopause, car elle n'a jamais été au centre des préoccupations. Déjà parce que, durant plusieurs siècles, l'humain n'a pas atteint si souvent la cinquantaine que ça, mais aussi et surtout parce que la fascination pour le corps de la femme ne se logeait alors que dans sa fonction procréatrice. À partir du XIXe siècle, cependant, la science commence à se pencher sur la question. À cette époque, on considérait que l'arrêt des menstruations n'était pas une bonne chose. On pensait même que cela représentait un risque pour la santé : si les personnes menstruées n'explosaient plus de sang, ça voulait dire qu'il restait en elles, et que ça pouvait provoquer des maladies. Pour éviter cela, on conseillait donc parfois aux personnes concernées d'avoir recours à des saignées – l'incision d'une veine ou d'une artère visant à laisser couler environ un demi-litre de sang, *au secours* – ou à des sangsues – *en fait, j'aime notre époque.* Et puisqu'elle était mal comprise, la ménopause était mal perçue. Ainsi, une fois amputé de sa capacité à procréer, le sexe féminin perdait toute forme de considération. La preuve avec l'anatomiste français, Théodore Pétrequin, qui écrivit dans sa thèse, en toute tranquillité : « La femme, dépouillant peu à peu ses caractères distinctifs, cesse, pour ainsi dire, d'être femme en perdant la faculté de devenir mère[2] » – *sacré Théo.*

Pendant longtemps, la seule idée que j'ai eue de la ménopause était rattachée à un souvenir d'enfance. Je me souviens en effet d'avoir vu une ancienne amie de ma mère abattue, sourire inversé et moral au plus bas alors que nous passions chez elle. Tandis qu'elle était sortie un instant, je demandai

discrètement à ma mère pourquoi Micheline[3] était si mal. « Oh, tu sais, elle pense avoir une ménopause précoce, la pauvre… Elle n'a que 41 ans ! » Autant vous dire que je n'ai pas su quoi répondre – *et me suis donc naturellement réfugiée près des gâteaux apéritifs.* Outre le manque de connaissances qui m'auraient permis d'échanger sur le sujet, j'avais beaucoup de mal à comprendre en quoi c'était si triste. Je sentais bien que ma mère compatissait et que, pour elle aussi, c'était grave, mais ça restait une énigme pour moi. Plus tard, j'ai vraiment découvert la ménopause avec ma mère. Je parle bien d'une découverte car, même si j'avais donc déjà entendu le terme, je n'avais pas conscience de l'impact que ça avait sur le corps ou l'esprit. Un jour, elle a ouvert les fenêtres : elle avait chaud. Moi, j'avais froid – *après, ça ne compte pas, j'ai tout le temps froid, je ne descends pas du singe mais du glaçon. Bref.* Et ça n'a pas eu d'effet, mais elle ne comprenait pas pourquoi – *moi et mon pull 100 % laine non plus, d'ailleurs.* La ménopause avait fait son apparition dans sa vie. Avec le temps, j'ai compris que, en plus d'être un *changement hormonal*, la ménopause était une véritable *transition sociale*.

Pour bien comprendre tout ça, je me suis amusée à taper « ménopause » dans Google Images – *ça peut paraître bête mais, après tout, Google recense les articles sur le sujet, qui eux-mêmes utilisent des images censées être représentatives. C'est finalement le meilleur moyen de comprendre l'idée que notre société s'en fait ! En revanche, je déconseille de taper « Manon le cul nu », ou alors effacez votre historique après…* D'après Google Images, donc, la ménopause, c'est une femme blanche qui ne cesse d'avoir chaud ou des maux de tête – *comme une sacrée gueule de bois en pleine canicule.* Plus sérieusement, le mot « ménopause » – en grec, *mènos* pour « mois » et *pausis* pour « cessation » – a été utilisé pour la première fois en 1816 par un médecin français, Charles de Gardanne. Il a fait son entrée dans le dictionnaire en 1823, signifiant la fin du « cycle de fertilité » d'une personne menstruée et se manifestant par l'arrêt des règles durant douze mois consécutifs.

Toute personne dotée d'ovaires a une réserve de cellules reproductrices : c'est l'épuisement du stock qui cause la ménopause. Les hormones, les œstrogènes et la progestérone, par exemple, vont donc progressivement diminuer, ce qui peut provoquer les symptômes de la périménopause : règles irrégulières, bouffées de chaleur, sécheresse vaginale, humeurs changeantes, évolution de la texture de la peau, etc. En fait, c'est durant la périménopause que le corps change, pas au cours de la ménopause. Cette dernière n'est que le résultat d'un processus transitoire. La périménopause peut s'étaler sur plusieurs années et se faire plus ou moins ressentir. Cela dépend de la personne, c'est du sur-mesure, même s'il est plus simple de généraliser – *mauvais réflexe, sur les sujets qu'on connaît mal.* Il peut être recommandé de bénéficier d'un accompagnement psychologique, de pratiquer régulièrement de l'exercice ou d'adapter son alimentation pour réduire l'inconfort. Dans tous les cas, on déconseille d'utiliser des traitements hormonaux, à moins d'étudier minutieusement les dosages pour éviter les effets secondaires. Comme vous pouvez le constater, la ménopause n'arrive pas du jour au lendemain, c'est un processus qui prend son temps et varie en intensité, ce qui permet de s'y préparer et de continuer à apprendre à se connaître.

D'après Google Images, donc, la ménopause, c'est une femme blanche qui ne cesse d'avoir chaud ou des maux de tête – comme une sacrée gueule de bois en pleine canicule.

Autour de nous, le tableau que l'on en dresse est peu attrayant : on parle d'un « tournant », d'une « période pleine de chamboulements[4] », et on nous abreuve d'articles présentant « plusieurs moyens pour mieux la vivre » ou « comment bien s'y préparer », voire des « guides de survie à la ménopause[5] » – *oui, on dirait un stage de survie.* À force de vouloir la prévenir, on réduit la ménopause à un ensemble de symptômes, jusqu'à la définir parfois

comme une maladie. Alors oui, il est important et nécessaire d'accompagner les personnes en périménopause, il faut anticiper d'éventuels changements, rassurer quand ils se font nombreux ou deviennent trop violents. Mais cette période n'est pas systématiquement difficile. En apprenant à la comprendre, on peut l'accepter et évoluer avec les changements – *c'est exactement comme pour l'adolescence, sauf que, a priori, vous ne claquez plus la porte à la gueule de vos parents.*

Ce qui ne rend pas service à la ménopause, c'est que, sous prétexte que c'est un phénomène naturel, on y mélange toutes nos constructions sociales – *Mère Nature a bon dos !* Or, contrairement à ce que l'on aime nous faire croire, ce n'est pas uniquement ce qu'elle impose physiquement qui fait de cette période une étape qui peut être difficile à vivre, c'est notre société et la manière dont elle traite les femmes l'ayant atteinte. C'est ce qu'explique merveilleusement bien la sociologue Cécile Charlap, auteure du livre *La Fabrique de la ménopause*[6], lors d'une entrevue avec *Le Temps*[7] : « La ménopause apparaît comme une sorte d'absolu que l'on ne questionne jamais alors qu'elle n'a rien d'universelle. Dans le Japon traditionnel, par exemple, il n'existe aucun mot pour la désigner, c'est un non-événement. » Finalement, c'est bien plus qu'un phénomène biologique, c'est un marqueur social : on parle d'ailleurs de « ménopause sociale ».

LA FÊTE EST FINIE ?

Quand *Bree Van de Kamp* découvre qu'elle est en périménopause, elle a honte. À ce moment-là, alors qu'elle fricote avec un petit jeune, elle fait tout pour qu'il ne soit pas au courant. Si vous n'étiez pas fan de la série américaine *Desperate Housewives*, voici le contexte : le personnage de *Bree* se veut l'incarnation de la perfection au sein du foyer et auprès des autres femmes du quartier – bien évidemment, ça lui vaudra beaucoup de déceptions, mais aussi des scènes comiques rendant le personnage aussi détestable qu'attachant.

Or, un jour, donc, le diagnostic tombe : *tadam*, la périménopause est là ! Au-delà des maux de tête et des bouffées de chaleur, un symptôme bien plus grave vient pourrir la vie de Bree : depuis ce diagnostic, elle se sent *vieille*. En soi, rien n'a changé, elle est toujours aussi belle, elle s'habille toujours aussi bien, sexuellement, elle s'amuse comme avant avec son garnement et, pourtant, pour elle et sa gynécologue (*qui cherche à lui nuire*), ce qui se passe est *grave*. Pendant tout un épisode, elle se retrouve coincée, refusant d'annoncer cette nouvelle à son jeune amant, et sa gynécologue (*qui est la mère de*

son amant) s'amuse à la faire chanter. La ménopause est donc bien un « problème » qu'il est préférable de cacher, une « honte » qui, d'après Bree, pourrait changer son quotidien qu'elle chérit tant : dans les faits, rien ne bouge, dans sa tête, tout bascule.

Dans l'inconscient collectif, la ménopause, c'est le contraire de la puberté. Si celle-ci est jeunesse, alors la fin de celle-ci, marquée par la ménopause, est vieillesse – *du coup, est-ce qu'on peut dire que notre société corrèle la notion de jeunesse au statut de mère potentielle ? Oui ! Et c'est complètement con.* D'un point de vue biologique, la ménopause, outre la possibilité d'être mère, ne provoque que des manifestations remédiables, n'allant pas jusqu'à annihiler l'attractivité ou l'épanouissement sexuel. En la concevant comme une souffrance, on oublie tout le bien qu'elle peut offrir : une libération pour les personnes qui avaient la charge de la contraception, qui, chaque mois, subissaient leurs menstruations, qui ne voulaient pas d'enfants. Des questions, des étiquettes et des poids disparaissent, laissant parfois place à un soulagement.

D'un point de vue biologique, la ménopause, outre la possibilité d'être mère, ne provoque que des manifestations remédiables, n'allant pas jusqu'à annihiler l'attractivité ou l'épanouissement sexuel.

LA MÉNOPAUSE DE YANN MOIX

Notre conception traditionnelle de la ménopause introduit en outre l'idée d'une instabilité psychologique et physiologique propre à l'utérus et au genre féminin, desservant la légitimité et la crédibilité des femmes abordant la cinquantaine. Si on en fait tout un plat, on omet en revanche souvent de parler de l'andropause – *AH ! *Voix de Denis Brogniart**. Elle est liée à la baisse de la testostérone ainsi que d'autres hormones, et se manifeste aux alentours de 45 ans. Alors non, ce n'est pas exactement l'équivalent de la ménopause, car il n'y a pas de baisse de fertilité associée à ce phénomène. Mais l'andropause se manifeste via un ensemble de symptômes – *dont, encore une fois, l'intensité dépend de la personne* – similaires à la ménopause comme un équilibre émotionnel fragilisé, une diminution de la masse musculaire, une prise de poids, des troubles du sommeil, etc. Pourtant, il me semble n'avoir pratiquement jamais entendu parler d'*homme andropausé* dans les médias, ce qui inscrirait le genre masculin dans un schéma péjoratif – comme on aime à le faire pour le genre féminin. Nous pouvons donc noter que, concernant ces deux sujets assez proches, l'un est dramatisé et diabolisé sous prétexte que, à la différence de l'autre, il est *plus important* car il impacte la capacité reproductive.

Dans une vie parallèle – ou un avenir proche –, Bree Van de Kamp n'a pas honte de sa périménopause. Alors que sa gynécologue la rassure en la faisant relativiser sur les éventuels symptômes, celle-ci sort de son rendez-vous plus confiante que jamais. C'est d'un pas assuré qu'elle rejoint son jeune amant, avec une envie folle de folies. Alors qu'elle partage une tasse de thé avec son ex-mari, il se confie intimement à elle sur ses nuits troublées et sa baisse de libido, pendant que celle-ci ouvre la fenêtre car il fait un peu chaud ; rien d'exceptionnel. Finalement, une journée banale, dans une vie où la cinquantaine est un âge comme un autre.

1 « Même quand on rompt, on ment », *Marie Claire*, n° 798.

2 *Recherches sur la menstruation*, Théodore Pétrequin, Didot le Jeune, Paris, 1835.

3 Bien évidemment, le prénom a été changé.

4 « Ménopause : la cellulite a-t-elle tendance à s'aggraver ? », topsanté.com, 29 août 2017.

5 « Mini-guide de survie à la ménopause » de Kate Rhéaume, naturalfactors.com, 12 mai 2021.

6 *La Fabrique de la ménopause* de Cécile Charlap, CNRS Éditions, 2019.

7 « Comment la ménopause est devenue taboue », de Julie Rambal, *Le Temps*, 22 février 2019.

Sexe & corona

« Le jour où on se déconfine, j'te jure que je... »

Si 2020 était une phrase.

Ce n'était pas facile, le matin. On était loin de Cendrillon qui se réveille avec le chant des oiseaux ; non, c'était l'éternelle sonnerie qui se répète et qui ne sort plus de notre tête. C'était un sprint donnant un avant-goût de la journée qu'on allait passer. Tout ça pour se précipiter dans les transports, subir les gens qui poussent dans le métro ou les voitures qui stagnent dans les bouchons. C'était un rythme fatigant, parfois déroutant, mais on compensait grâce au collègue qui faisait la différence, ou avec un verre en compagnie de celles et ceux avec qui il est bon de profiter des dernières lueurs du jour.

SOUDAIN, TOUT A CHANGÉ

On est tous d'accord pour dire qu'on ne s'y attendait pas. Tant mieux, d'ailleurs, parce que si on avait eu la moindre idée de ce qui allait arriver, le Nouvel An de 2020 aurait été apocalyptique. Cette année 2020 et ses confinements nous ont invités à repenser notre quotidien. On s'est retrouvé enfermé chez soi, parfois seul, parfois bien accompagné. Le salon s'est transformé en open space option garderie, les sprints du matin ont disparu et les murs ont semblé de plus en plus proches. Tous les prétextes étaient bons pour sortir : on promenait le chien imaginaire ou on s'improvisait joggeur du dimanche – *on voit moins de gens courir depuis le déconfinement, non ?* Les réunions et les apéros se sont pixellisés, et le moral n'était pas toujours au rendez-vous.

Soudain, les soirées au bar qui nous faisaient chier parce qu'on rêvait de s'enrouler dans sa couette devant sa série préférée nous ont cruellement manqué. Pour s'occuper, on a ressorti les jeux de société qui prenaient la poussière dans les placards, révélant la nature cachée des mauvais joueurs. Cette année nous a fait vivre des sensations fortes, comme celle de remplir un pa-

CHIPS

nier sur Internet uniquement de joggings et de pyjamas – *les caméras éteintes dans les réunions virtuelles confirment que nous sommes nombreux à l'avoir fait.* Pour plus de confort, on a libéré nos seins de leur prison, autrement dit des soutiens-gorge, et on s'est lancé dans une cure de sébum donnant l'impression d'avoir plongé ses cheveux dans un bain d'huile de friture. De nouvelles vocations sont nées : professeur de yoga sur Instagram, boulanger du dimanche ou encore parieur professionnel sur la date du prochain confinement… Soyons honnêtes, cette année a ressemblé à un mauvais scénario de blockbuster : on n'était pas prêts, mais on a su – *et surtout dû* – s'adapter. On a vite compris qu'un virus allait changer notre façon de travailler, de faire nos courses ou de voyager, mais on ne soupçonnait pas qu'il serait capable de bousculer notre intimité. On l'imaginait partout, sauf sous nos draps. Et pourtant… *surpriiise !*

LIBIDO OUT OF STOCK

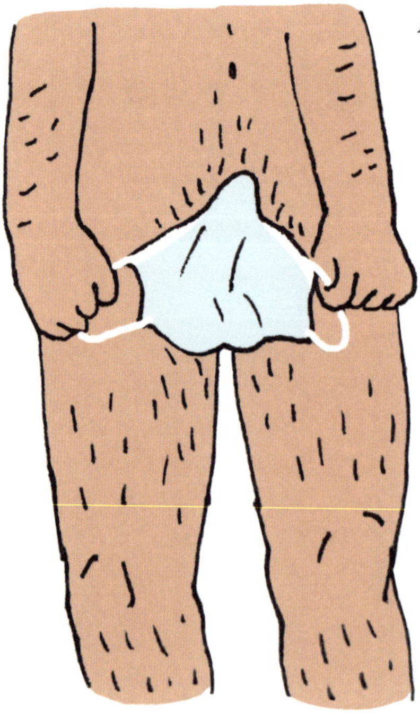

Au départ, on était un peu naïfs. Un couple enfermé sans obligations extérieures, ça ne pouvait qu'annoncer le marathon de la baise, non ? *Point du tout ! Alerte grosse arnaque !* Le Covid et le confinement ont créé une ambiance toxique accompagnée d'une crise économique nous faisant basculer dans un état de stress permanent – *on dirait l'introduction d'un film catastrophe !* Certains y ont laissé des plumes, entre la perte de leur activité et le besoin urgent de changement, alors que d'autres n'avaient plus assez de temps pour réfléchir et vivre sainement. C'était presque inévitable : la sexualité des Français, elle aussi, a connu la crise.

VIOLENTE RÉALITÉ

Parfois, l'horreur se cache au bout du couloir. Malheureusement, pour certaines le confinement a annoncé le pire : les victimes de violences conjugales se sont retrouvées enfermées avec leur bourreau. En plus de ne pas pouvoir sortir pour rejoindre un refuge ou des proches, elles n'avaient plus d'interactions sociales leur permettant d'alerter sur leur situation. La violence conjugale n'est pas soudaine, c'est un long processus d'emprise incitant la victime à couper les liens avec ses proches et visant à la placer dans un état de dépendance matérielle et affective. Le confinement a conforté les bourreaux dans leur stratégie d'emprise. Il a transformé les voisins en témoins permanents, provoquant une hausse considérable des signalements et incitant le gouvernement à adopter des mesures pour venir en aide aux victimes. L'État a mis en place un numéro d'urgence gratuit et anonyme, le 3919, et les associations ont fait un travail incroyable pour sortir les victimes de chez elles et les reloger. Quand on analyse les chiffres, on constate que la hausse des violences conjugales pendant le confinement est liée à leur aggravation et non pas à un déclenchement de violences au sein de couples qui n'étaient pas concernés jusque-là. Si on pense que les restrictions ont empêché certains bourreaux de tuer, il est tout de même bon de rappeler que 90 femmes ont trouvé la mort sous les coups de leur conjoint ou de leur ex-conjoint en 2020.

Une étude publiée dans la revue *Sexologies*[1] a tenté de mettre en avant les répercussions psychosexuelles de la crise sanitaire sur les personnes confinées en couple, mais aussi sur celles sans partenaire. Deux effets contraires ont été observés. Pour certains, cette période a été une source de stress importante, renforçant le sentiment de solitude et d'anxiété, alors que, pour d'autres, elle a été l'occasion de se découvrir et de retrouver du temps pour soi. La même étude affirme qu'une baisse de la libido a pu être observée chez 35,4 % des sujets en couple ayant eu une mauvaise expérience du confinement, contre 19,4 % de ceux qui disent l'avoir bien vécu. L'impact de la pandémie sur la libido a forcément changé nos pratiques et notre vie sexuelle. En effet, la fréquence des rapports semble avoir diminué chez 36,7 % des couples qui ont mal vécu la période.

Avant toute chose, il est essentiel de savoir qu'il y a une différence entre libido et désir, car oui, on peut avoir une baisse de libido sans pour autant cesser de désirer quelqu'un… *Je m'explique* ! La libido, c'est l'expression de nos envies. C'est quelque chose de profond qui n'est autre que le reflet de notre instinct dans sa globalité. Elle est liée à votre état émotionnel, elle peut varier de jour en jour ou d'une période à une autre. Il peut donc arriver que, parfois, vous vous sentiez disponible émotionnellement et sexuellement – *en gros, vous avez faim de cul* –, et que, d'autres fois, pas du tout. Le désir, lui, est plus précis : il vient humaniser la libido. C'est l'envie que l'on va ressentir pour une personne en particulier. On peut, par exemple, avoir une forte libido en général, et pour autant ne pas désirer la personne avec qui on est ou que l'on vient de rencontrer. Autrement dit, ne pas ressentir d'attirance ou d'excitation sexuelle pour elle. Même si ça peut faire peur, une baisse de la libido n'a rien de dramatique. On a tendance à l'oublier, mais nous sommes des êtres vivants dotés de sensibilité ; même si on nous rabâche qu'une vie sexuelle épanouie est forcément riche – *encore une fois, c'est faux* –, on omet de prendre en compte le fait que notre libido fluctue autant que nos émotions. Par exemple, si on est dans une grosse période de stress, il est probable que ça la freine et que cela se ressente dans notre activité sexuelle – *c'est normal, et ça n'a rien de grave.* Une activité sexuelle peut

> ***On nous rabâche qu'une vie sexuelle épanouie est forcément riche, mais on omet de prendre en compte le fait que notre libido fluctue autant que nos émotions.***

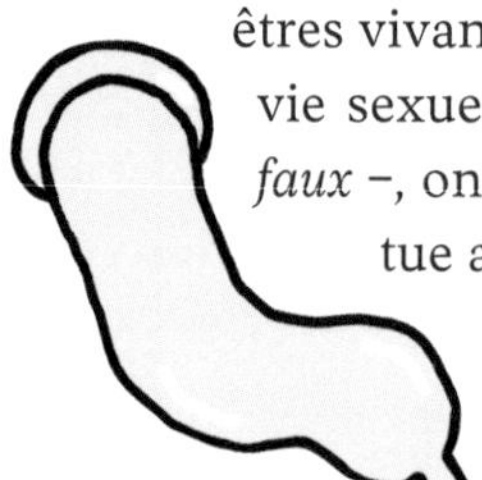

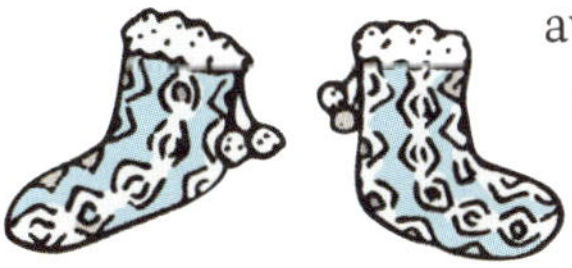

avoir un effet réparateur incroyable, à condition qu'elle soit bien accueillie, ce qui n'est parfois pas le cas. Rien ne sert alors de se forcer, car l'envie revient une fois que l'on se sent mieux. Finalement, on pourrait se dire qu'il est logique de placer l'érotisme au second plan en période de crise. Retenons bien que même si le confinement a modifié notre sexualité, il ne l'a pas condamnée !

Si le Covid – *oui, je sais, certains disent « la Covid », mais je n'y arrive pas* – a été redoutable pour l'activité sexuelle, il l'a aussi été pour l'amour. C'est le résultat d'une longue période passée ensemble dans un petit espace : quand on n'a ni activités ni contacts extérieurs, tout devient irritant. Au départ, on est bien conscient du caractère exceptionnel de la situation et on dépense de l'énergie pour arranger les choses mais, pour certains, ce sont les bons moments qui deviennent exceptionnels. La pandémie a porté un sacré coup à l'amour ; elle l'a poussé dans ses retranchements et ne lui a pas laissé d'autre choix que de se battre pour exister. En Chine, à la suite de ses six premières semaines d'enfermement, le pays a ainsi connu une forte augmentation des demandes de divorce. En effet, selon le ministère des Affaires civiles, 8,6 millions de divorces ont été prononcés en 2020, soit presque deux fois plus qu'en 2019[2] ! Et encore, ça aurait pu être pire, quand on sait qu'une fois leur liberté de se déplacer retrouvée, certains couples ont abandonné la procédure ou se sont remariés, preuve que le confinement n'était qu'un passage, une crise n'ayant pas forcément de répercussions sur le long terme.

Vous l'aurez compris, en temps de crise, l'érotisme est un luxe ; il n'est pas à la portée de tous et paraît dérisoire. Pourtant, c'est souvent là qu'il se réinvente ! Finalement, la pandémie n'aurait-elle pas redéfini la folie amoureuse ? Combien ont pris le risque de braver le confinement pour retrouver celui ou celle dont ils ne pouvaient pas se passer ? Il fut un temps où le chevalier qui remuait ciel et terre pour retrouver sa bien-aimée n'existait que dans les contes. En 2020, il était dans nos rues. Qui peut douter de la force de l'amour dans ces cas-là ? On peut interpréter ça comme on veut, et nombreux sont ceux qui ont dû enfreindre les règles pour d'autres raisons, mais je ne peux m'empêcher d'y voir une forme de romantisme !

CÉLIB' À TERRE

« La seule chose qui m'ait pénétrée cette année, c'est le test PCR ! » On ne va pas se mentir, ça a été une année « parcours du combattant » pour celles et ceux qui voulaient faire des rencontres. C'est simple, on a regroupé les pires scénarios et on les a répartis sur trois cent soixante-cinq jours : les lieux qui favorisent les rencontres ferment, les masques cachent les visages, la buée s'installe sur les lunettes et la distanciation sociale est permanente – *clairement, ça sent le roussi... enfin, le gel hydroalcoolique*. On rigole, mais les célibataires font partie des oubliés de la pandémie : c'est la conséquence du peu d'intérêt – *si ce n'est économique* – que porte notre société à la recherche d'échanges érotiques et sentimentaux. L'isolement social invite parfois à apprendre à s'aimer et à se découvrir soi-même ; ce n'est pas toujours facile, mais plus on s'enferme, plus on comprend combien il est important de se consacrer du temps. Vous vous doutez bien que la masturbation, pour celles et ceux qui en ressentaient le besoin, était au rendez-vous ! À défaut d'utiliser leurs dix doigts, les Français, seuls ou en couple, ont fait exploser les ventes de jouets pour adultes : le groupe allemand Wow a constaté une hausse de 153 % des ventes de son stimulateur clitoridien Womanizer en France[3] – *quand on l'a déjà essayé, on sait pourquoi.* Pour accompagner le plaisir solitaire, certains se sont procuré des lectures, des films voire des jeux érotiques : tout était bon pour se libérer entre quatre murs !

TCHIN.

Au-delà de la solitude sexuelle, certains ont été touchés par la solitude sentimentale. Quand elle se pointe, celle-là, on se jette sur les applis de rencontres, on met à jour son profil en actualisant ses photos, on travaille sa bio – *alors oui, je suis d'accord, les répliques d'OSS 117 sont superdrôles, mais il faut vraiment arrêter avec ça* – et on swipe dans tous les sens, et on revient parfois vers celui ou celle qu'on s'était juré de ne plus jamais contacter. On ne peut pas nier le rôle crucial des applications pendant cette pandémie, seule façon légale de rencontrer des inconnus. Quand la communication repose sur des écrans, on se surprend à faire confiance au superficiel, comme des photos ou des messages, car c'est tout ce qu'il nous reste. Bizarrement, on se découvre nostalgique des rendez-vous catastrophiques, vous savez, ceux où on se sait plus quoi dire ou prétexter pour fuir – *on en vient parfois à avoir un humour un peu beauf. Personnellement, j'ai souvent paniqué... et du coup, j'ai pas niqué, ah ah ! Voilà, vous avez une idée des moments gênants que j'ai connus.*

S'il fallait résumer, le plaisir provient de la sollicitation des sens : la vue, le goût, le toucher, l'ouïe, l'odorat. C'est une réalité biologique qu'il ne faut pas sous-estimer, d'autant qu'elle a son propre fonctionnement dans le cerveau. On parle notamment du « circuit de la récompense », un réseau de connexions neuronales faisant intervenir la dopamine comme principal neurotransmetteur. Différents facteurs peuvent déclencher la sensation de plaisir, comme l'alimentation, le sexe ou la drogue. Ce mécanisme a un impact direct sur notre comportement – *par exemple : un carré de chocolat a provoqué en moi une forte sensation de plaisir, donc je vais en manger un autre... ou toute la tablette. Comment ça, « ça sent le vécu » ?* –, et on sait que les zones du cerveau responsables de la mémoire sont elles aussi impliquées : le cerveau tâche de se souvenir de ce qui lui plaît ! Si la dopamine est une bosseuse qui travaille sans relâche, c'est aussi l'hormone du désir : c'est elle qui donne envie de faire l'amour, de chercher, d'aimer, de toucher... *Ah la coquine !*

Certains optent pour l'omniprésence virtuelle : les applications n'offrant pas toutes les mêmes possibilités, ça permet de varier les procédés et les discussions. On se lasse moins et ça stimule la créativité. Ça implique aussi un apprentissage de la drague 2.0 – *« Comment ça, je peux pas utiliser l'émoji aubergine ? Mais je suis en train de faire une moussaka, là ! »* –, et ce n'est pas de tout repos. On ne réinvente pas les codes sans s'interroger sur soi-même. À chacun son style : des romans épistolaires naissent dans les messageries – comme Amours solitaires[4] ne cesse de nous le prouver –, des corps se dévoilent par écrans interposés, et des dîners aux chandelles s'organisent entre deux rendez-vous professionnels. Quand on ne connaît quelqu'un que virtuellement, on ne peut jouer que sur une chose : l'imagination. Souvent mise au placard à cause de l'énergie qu'elle demande, cette dernière s'est imposée en 2020. Puisqu'on doit faire une croix sur les sens, on ouvre le champ des possibles ; c'est d'ailleurs souvent sous la contrainte que le fantasme émerge ! Quand on s'interroge sur ce qui nous excite, on cherche à connaître ses préférences. Inconsciemment, on en apprend plus sur soi-même – *même si ce n'est pas parce qu'on fantasme sur quelque chose qu'on souhaite forcément le réaliser.* Le plaisir est un facteur de mieux-être qui libère des neurotransmetteurs pouvant diminuer le stress, donc, forcément, si on s'offre le scénario idéal, on ne peut que se faire du bien au moral, et parfois, c'est tout ce qu'on veut !

À première vue, quand on regroupe les réseaux sociaux et les applications qui puent le cul, on se dit qu'il était facile d'échapper à la solitude en 2020. Il serait d'ailleurs intéressant de publier des études sur l'impact du confinement sur notre stabilité émotionnelle. C'est une situation inédite dont on ne verra les effets que dans le temps, mais attention à ne pas sous-estimer nos besoins. Avec l'isolement social, la privation du toucher peut avoir des conséquences psychologiques et physiques. En effet, ce dernier active des connexions neuronales pouvant

améliorer le système immunitaire et réduire les troubles du sommeil. La sensibilité de la peau se développe tout au long de notre vie : le corps et le cerveau la préservent, car ils savent combien elle est fondamentale ! Pas de panique, ce n'est pas parce que vous n'avez pas eu de contacts physiques depuis longtemps que vous avez complètement oublié à quoi ça correspondait. C'est d'ailleurs justement parce que votre cerveau se souvient de ce que les sensations procurent qu'il est capable de manifester un manque. En revanche, il est alors possible de développer une forme d'hypersensibilité. Le retour au contact physique peut être plus ou moins bien vécu, compliquer la reprise d'une activité sexuelle agréable ou demander plus d'énergie et de temps. C'est un fait, la pandémie a changé le rapport à notre corps, à celui des autres et à des sensations auparavant banales qui sont devenues inaccessibles. Alors non, on ne signe pas la mort du contact physique, on lui trouvera bien un moyen d'exister, mais pour ça, il faut lui laisser le temps de se réinventer. En attendant, savourons le côté positif : on peut dire adieu à la bise baveuse !

« ZÉÉÉÉ PARTI ! »

Le 11 mai 2020, jour du – *premier* – déconfinement, était très attendu – *c'est la date de mon anniversaire, au passage, mais ça, Macron s'est bien gardé de l'annoncer.* Il faut dire qu'il y avait de quoi fantasmer, et certains médias l'imaginaient comme un lâcher de fauves : rassasiés de solitude, ils ont faim de sexe et tout prétexte sera bon pour se rencontrer, se parler voire baiser... bref, une explosion du cul ! Eh bien non. Quand on est constamment en état de vigilance, veillant à appliquer les mesures sanitaires venues bousculer nos codes sociaux, il n'est pas facile de tenter des rapprochements – *comment se rapproche-t-on tout en maintenant la distanciation physique ? Vous avez deux heures.* Si, pendant des mois, on entend constamment parler de mesures sanitaires, il faut bien s'attendre à ce que les comportements changent. C'est pour ça que le déconfinement n'a pas beaucoup modifié la vie des célibataires. On a fait

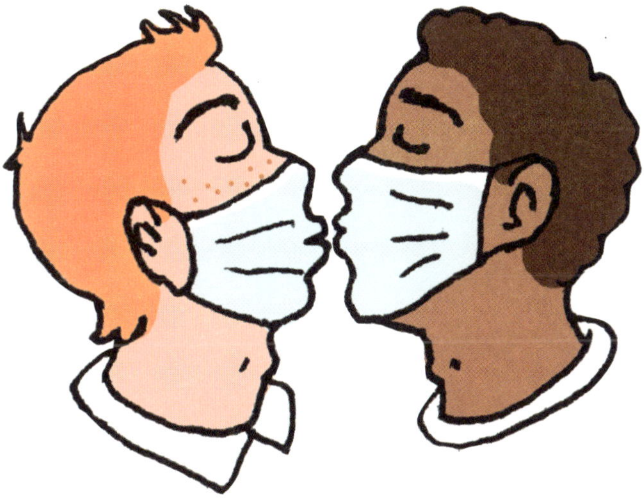

reposer beaucoup d'espoir sur le « retour à la vie normale », sans prendre en compte le fait que nombre de paramètres étaient venus bousculer notre rapport au sexe et à l'amour. Selon une étude réalisée par l'Ifop en juin 2020[5], 57 % des célibataires pensaient qu'il était plus difficile de faire des rencontres au cours de cette période post-Covid. Dans ce contexte défavorable à la spontanéité, les règles sanitaires et les mesures d'hygiène étaient des freins supplémentaires : 41 % des célibataires se sont interdit d'embrasser quelqu'un qui leur plaisait, et 35 % de faire crac-crac – *en revanche, 100 % d'entre eux trouvent cette expression ringarde*. Cette peur du risque lié au rapprochement avec un inconnu a invité à renouer des liens déjà existants. Selon la même étude, 25 % des célibataires ont repris contact avec un ex ou un ancien plan cul – *comme quoi, c'est pas mal de jouer sur la nostalgie, parfois*. Bien évidemment, cette situation ne concerne pas que la France : nombreux sont les pays qui ont redouté une augmentation des prises de risques une fois le confine-

ment levé. C'est d'ailleurs afin d'essayer de contrôler la situation que Theresa Tam, responsable de l'Agence de la santé publique du Canada, a proposé des « astuces » adaptées à la situation : éviter les rapports sexuels « avec quelqu'un qui ne fait pas partie de sa bulle sociale » ou encore « porter un masque couvrant le nez et la bouche » durant les rapports sexuels – *je vous laisse imaginer la scène*. Le Canada fait partie des rares pays ayant pris à cœur le sujet de la propagation du virus par le biais des rencontres et des rapports sexuels : on salue l'effort, mais on doute un peu de l'efficacité de ces recommandations.

Quelques mois plus tard, on a appris l'imminence d'un deuxième confinement en France. Cette nouvelle phase n'a pas été appréhendée de la même manière ; on avait tous expérimenté les bons et les mauvais côtés de l'enfermement, on savait donc mieux ce qui était bon ou pas pour nous. Avant le jour J, nous avons été nombreux à faire le stock de puzzles et de jeux de société, à compter les paquets de farine restants ou à investir dans des sextoys. Aussi, nous avons été nombreux à revoir nos conditions : certains étaient prêts à prendre les bagages pour rejoindre la famille ou, à l'inverse, à s'isoler un peu. C'est en essayant qu'on apprend, n'est-ce pas ? L'amour peut apparemment tout vaincre, si ce n'est un deuxième confinement : selon une autre étude de l'Ifop[6], 12 % des personnes ayant été confinées avec leur conjoint ne souhaitaient plus être confinées ensemble en cas de nouvelle quarantaine – *ça ne veut pas forcément dire qu'on ne s'aime pas, mais plutôt qu'on s'aime assez pour s'épargner ça.*

12 % des personnes ayant été confinées avec leur conjoint ne souhaitaient plus être confinées ensemble en cas de nouvelle quarantaine.

À l'heure où je vous écris, le couvre-feu à 18 heures est toujours d'actualité, les lunettes restent pleines de buée, certains tapent encore des sprints pour récupérer leur masque oublié dans la voiture, on se dit toujours bonjour du coude, les gels hydroalcooliques sentent de moins en moins fort et les pains faits maison sont de plus en plus rares. Espérons que les restrictions comme la pandémie ne seront bientôt plus que de lointains souvenirs – *et que le corona redeviendra juste une marque de bière mexicaine !*

[1] « Les impacts du confinement lié au coronavirus sur la sexualité », article publié dans le numéro de *Sexologies* d'octobre-décembre 2020, disponible en ligne sur www.ncbi.nlm.nih.gov/pmc/articles/PMC7467020.

[2] « Flambée de divorces : le conseil matrimonial a fort à faire en Chine », article publié dans *Le Point* le 21 mars 2021.

[3] « La pandémie de coronavirus dope le marché des sextoys », article publié par Clémentine Vergnaud sur Francebleu.fr le 4 février 2021.

[4] Compte Instagram qui partage des messages d'amour. Morgane Ortin, sa créatrice, est à l'origine de plusieurs bouquins.

[5] « La vie sexuelle des Français déconfinés : grande frousse ou débauche généralisée ? », étude Ifop pour Pornhub réalisée en juin 2020.

[6] « État des lieux de la vie sexuelle et affective des Français durant le confinement », étude Ifop pour Charles.co réalisée en avril 2020.

Ça se dis-pute

« Salope !
– Merci, belle journée à vous aussi ! »

Bordeaux, 2015, échange lors d'une jolie rencontre.

Fin de journée. Jogging et chaussettes moumoute aux pattes, je n'ai qu'une hâte : me jeter sur le canapé pour mater mes séries préférées. Parfois, je m'offre le petit plaisir coupable de commencer la soirée par une émission de téléréalité – *je suis sûre que certains d'entre vous, après avoir lu ça, ont un générique dans la tête !* On y trouve tout : des disputes, des noms d'oiseaux, des tenues affriolantes, des paysages de rêve, des seins, des fesses, des muscles, des chutes, des secrets, etc. Tout, sauf un intérêt – *mais apparemment, je n'ai pas besoin de ça pour me détendre après une longue journée.* On a beau ne pas totalement être dupe, on ne peut s'empêcher de croire à ce qu'on regarde. On rigole avec les candidats, on s'amuse, on s'énerve, on s'imagine à leur place, pour finir par dire : « Non mais moi, si je suis dans cette villa, je passe ma journée à la piscine, rien à foutre de Greg et Maéva ! » Plus ça va, moins j'aime ces émissions, et pourtant je ne peux pas m'empêcher d'y jeter un coup d'œil de temps en temps.

NON MAIS ALLÔ !

Il faut dire que le monde de la téléréalité ne m'est pas complètement inconnu : j'ai travaillé pendant un an pour la boîte qui a produit l'émission dont l'audience a longtemps été la plus forte – *et qui a dernièrement fait le plus gros scandale.* Vous pensez que j'ai de la chance ? Détrompez-vous : avec le recul, je me rends compte que ça a été une période très toxique de ma vie, pendant laquelle j'avais constamment l'impression de nager au milieu de requins. Et ce n'était pas qu'une impression. Inutile de préciser que c'était le temple du sexisme et que la morale y était moins importante que l'audience. Sans que j'en aie conscience, ça m'a fait accepter des concepts sexistes et primitifs, que ce soit devant mon écran ou dans mon quotidien au sein de cette boîte. Si je vous parle de la téléréalité dans ce chapitre, c'est parce que pendant longtemps, j'ai minimisé son impact sur nos représentations. Beaucoup de choses sont problématiques dans la téléréalité, mais ce qui est le plus dérangeant, c'est son hypocrisie ambiante à l'égard des notions de « valeurs » et de « respect ». On le sait aujourd'hui, bien qu'ils ne l'assument pas, beaucoup de candidats proviennent du milieu de l'escorting. En soi, ce n'est pas un problème, c'est un métier comme un autre lorsqu'il est librement choisi. Ce qui me gêne, c'est que ces personnes dépensent beaucoup d'énergie à critiquer ceux qui ne mentent pas sur leur passé d'escort. Deux choses sont dérangeantes dans cette histoire : la première, c'est que toutes les occasions sont bonnes pour dénigrer les travailleurs et travailleuses du sexe ; la deuxième, c'est qu'en 2021, on juge encore les individus en fonction de leur sexualité – *d'où le fameux : « T'as pas de respect pour toi, en fait ! »*

RESPECT

« Elle ne se respecte pas », « c'est une fille facile » : vous avez sûrement déjà entendu ce genre de phrases, et peut-être même les avez-vous prononcées. Si ce n'est pas le cas, regardez un épisode de téléréalité, vous devriez les entendre très vite. Mais c'est quoi, en fait, une fille qui « ne se respecte pas » ? Cette notion de respect en carton n'a absolument aucun sens. Si on devait définir le « respect de soi », ça serait tout bonnement impossible : c'est une notion propre à chacun, résultat de notre éducation, de notre culture et de notre vécu. En réalité, une meuf « qui ne se respecte pas », c'est une fille qui ne correspond pas à ce que les autres attendent d'elle. Si on ne se reconnaît pas dans l'attitude d'une personne – par exemple, si on trouve qu'elle est trop ouverte sexuellement, pas assez fidèle, ou encore trop vulgaire –, on la juge, on la considère comme « non respectable », et on la condamne. Avec cette mécanique, on réduit la valeur des autres à leur activité (ou inactivité) sexuelle, et ça mène à des comportements méprisants, insultants, voire violents. Le problème, comme je le disais à l'instant, c'est qu'il est facile de croire que la définition du « respect de soi » est universelle, alors que c'est quelque chose de personnel : ce qui nous paraît choquant, dérangeant ou provocant ne l'est pas forcément pour d'autres. C'est ça qui est redoutable : si un jour quelqu'un ne vous trouve pas « respectable », bien qu'il s'agisse de sa vision personnelle du terme, ça vous affectera probablement, car vous l'interpréterez selon votre propre définition.

Même si l'on est tous susceptibles d'être victimes de cette fameuse notion de « respect de soi », c'est surtout le genre féminin qui en fait quotidiennement les frais. Ce dernier est encore associé de nos jours à la pureté, un concept notamment issu de certaines cultures et religions. À cause de cette habitude fortement ancrée et du fait que l'on juge les autres en fonction de leur vie sexuelle, les femmes qui disposent librement de leur corps et jouissent de leur sexualité – *en gros, celles qui font ce qu'elles veulent et qui n'ont pas peur de l'assumer (et, contrairement aux idées reçues, c'est valable qu'elles aient une vie sexuelle active ou non)* – sont très mal perçues. Cette façon de penser, c'est déjà pas dingue, mais le pire, c'est que ce genre de messages est véhiculé, par le biais d'émissions de télé ou sur les réseaux sociaux, auprès de jeunes en pleine construction identitaire.

Quand on consomme de la téléréalité, même en prenant du recul, on intègre inconsciemment des concepts réducteurs renforçant les stéréotypes de genre. Constatez-le par vous-même : à chaque épisode, une candidate est insultée à cause de son jeu de séduction, de son érotisme ou de son corps, ce qui suggère au spectateur qu'il y a des « bonnes » et des « mauvaises » attitudes à avoir quand on est une femme. On en vient alors à banaliser ou même à justifier les insultes ou les comportements violents de la part des autres candidats. Avec ce mécanisme invisible mais redoutable, le jugement de valeur est placé au centre des préoccupations, et le genre féminin se transforme en proie idéale. Ainsi, le statut de « salope » – *au passage, vous remarquerez qu'il n'existe pas vraiment d'équivalent masculin* – devient une menace qui plane constamment au-dessus de nos têtes. Je ne peux pas m'empêcher de grincer des dents quand j'entends une candidate se faire traiter de « salope » – *enfin, généralement, il y a un gros « bip »* –, sachant que ça influencera probablement des milliers de téléspectateurs qui reproduiront le même schéma avec d'autres femmes.

SALOOPE !

Ainsi, on a sûrement toutes déjà été une « salope ». Ça m'est moi-même arrivé plusieurs fois. Un jour, alors que je traversais la rue, un inconnu qui s'était adressé à moi et que j'avais volontairement ignoré m'a balancé un joli : « Salope, va ! » Juste parce que j'ignorais ses avances. J'ai alors eu un gros ras-le-bol et je me suis dit : « OK, si ça te fait plaisir ! Mais ça ne veut plus rien dire pour moi. » C'est à ce moment-là que j'ai décidé de ne plus croire au concept de « salope » : quand un terme, et sa signification, n'existe plus, alors il ne vous enferme plus dans ce qu'il désigne. À partir de ce jour où j'ai décidé de ne plus subir ce mot comme une insulte, il n'a plus eu aucune importance pour moi. J'ai ainsi été soulagée d'un poids symbolique. En plus de ça, j'ai désarmé l'inconnu en ne lui donnant pas l'occasion de m'atteindre ou de me blesser. Inconsciemment, je me suis libérée d'une peur constante du jugement, d'une pression qui dictait mes attitudes.

Puisque notre société ne fait rien pour nous aider à nous libérer de ses injonctions, des comportements nocifs et de la stigmatisation, alors autant le faire nous-mêmes...

Bien sûr, il ne suffit pas de dire « maintenant, je m'en fiche » pour ne plus se laisser atteindre par les insultes. C'est un travail qui peut prendre du temps, mais le résultat en vaut la peine. Puisque notre société ne fait rien pour nous

Ils ont couché ensemble le premier soir :

aider à nous libérer de ses injonctions, des comportements nocifs et de la stigmatisation, alors autant le faire nous-mêmes... Ça n'a rien de révolutionnaire, en vérité, c'est le mécanisme même de la réappropriation. Une fois que l'on a compris ça, généralement, on commence à s'interroger sur plein d'autres mots, ce qui nous amène à retravailler notre perception du terme « pute ». Comme « salope », je l'ai souvent entendu pendant mes balades en short ou en talons, seule ou avec des amies, le soir ou en plein après-midi. Longtemps, il m'a blessée : je le redoutais, le considérant comme la pire offense, une forme de déshonneur qui me remplissait de honte. Aujourd'hui, ce n'est plus le cas.

VOCACULAIRE

Il est crucial de comprendre la notion même de « travail du sexe », car c'est un terme qui englobe plusieurs activités. Ce n'est pas un exercice facile, mais je vais essayer de le définir : en gros, le travail du sexe regroupe tout service ou activité sexuelle faisant l'objet d'un contrat. Ça concerne la prostitution, mais aussi la création et la vente de contenus érotiques ou pornographiques, par exemple sur un compte OnlyFans. On pense bien sûr aux photos et à la vidéo, mais le travail du sexe existe aussi dans l'audio, avec par exemple les podcasts porno comme Voxxx ou le téléphone rose – *oui, ça existe toujours.*

PUTAIN

Pute, ce n'est pas une insulte, c'est un métier. Comme l'explique merveilleusement bien Océan, comédien et réalisateur, dans le documentaire *La Politique des putes* qu'il a réalisé pour le podcast Intime & Politique, aujourd'hui en France, il existe deux camps. D'un côté les travailleurs et travailleuses du sexe (TDS) qui militent pour leurs droits, et, de l'autre, ceux qu'on appelle les abolitionnistes, qui ne considèrent pas la prostitution comme un travail, mais comme une forme d'exploitation sexuelle ou d'esclavage. Je précise qu'ici, je questionne notre vision de la prostitution exercée dans un cadre consenti, celle des TDS qui se sont orientés vers ce métier par choix. Je ne suis pas là pour glorifier la prostitution ni faire son procès : je pense que tout comme les bouchers ou les facteurs qui aiment leur travail, certains la pratiquent avec passion et d'autres, juste parce que ça leur convient. Je ne nie pas non plus la réalité des réseaux d'exploitation : comme toute forme de travail forcé et d'esclavage, c'est condamnable, révoltant, et ça ne devrait pas exister. Mais ça n'a rien à voir avec la prostitution volontaire : il s'agit bien de deux sujets différents. Pour quelle raison notre société souhaite-t-elle interdire cette dernière ? Après tout, il ne s'agit que d'un commerce : on établit un contrat pour une prestation sexuelle dans le cadre d'un consentement mutuel.

Qu'en est-il donc des TDS exerçant cette profession par choix ? Si cela vous paraît étonnant ou si vous pensez qu'il ne s'agit que d'une petite minorité, c'est parce qu'on ne nous présente que trop rarement la prostitution sous cet angle. Le travail du sexe est considéré comme problématique, parce qu'il ne s'inscrit pas dans les codes et qu'il est incompris. Comme toujours lorsqu'il s'agit de sexualité, notre vision personnelle interfère avec la réalité : sous prétexte qu'on ne s'y reconnaît pas, on le dénigre. Les TDS, eux, sont infantilisés : on n'imagine pas qu'ils puissent avoir choisi d'eux-mêmes cette profession. Ovidie, ex-actrice porno aujourd'hui réalisatrice, l'a bien expliqué dans *Les Inrockuptibles* : « On part du principe qu'elles [les prostituées] sont aliénées et ne s'en rendent pas compte, parce qu'elles sont stupides ou irresponsables*. » *Breaking news !* Les TDS sont des êtres humains dotés de cellules grises, de sensibilité et de libre arbitre, ils sont parfaitement capables de faire des choix, de s'exprimer et de savoir ce qui est bon pour eux ou pas – *ça marche aussi pour Zahia, vous savez, celle que les médias ont adoré présenter comme une écervelée. Pas touche à Zahia, hein !* Ce qui est dingue, c'est que tout le monde a un avis sur le sujet, mais rares sont ceux qui prennent le temps de discuter avec un TDS pour mieux le comprendre. En tant qu'alliée – *c'est-à-dire que je soutiens et milite pour cette cause sans pour autant me substituer à la parole des principaux concernés* –, je souhaite donc donner ici la parole à ces personnes invisibilisées, tant dans l'espace public que médiatique, que notre société maltraite socialement et économiquement.

Presque tous les TDS connaissent des difficultés à faire valoir leurs droits, et ils jouissent rarement d'un cadre juridique garantissant leur sécurité. C'est ce qui se passe quand on adopte le discours « le travail du sexe, c'est mal, point » : on se met un bandeau sur les yeux et on se dispense d'aider les TDS, qui ont pourtant un besoin réel d'accompagnement. Pour ajouter à cette insécurité, ils sont fréquemment victimes de comportements irrespectueux ou violents. Mettre ça sur le dos du travail du sexe, c'est nier que la violence existe en dehors de celui-ci : ce n'est pas la prostitution en elle-même qui est dangereuse, mais les conditions dans lesquelles les TDS sont forcés de la pratiquer, par manque de soutien.

POULE DE LUXE

Le cadre dans lequel s'exerce l'activité du TDS joue un rôle décisif dans l'inconscient collectif : c'est ainsi que, aujourd'hui, on fait par exemple une nette distinction entre l'escort et la pute. C'est pourtant le même métier, mais sous prétexte que la première s'adresse à une clientèle aisée alors que la seconde est accessible au commun des mortels, on les distingue socialement, et on ne les appelle pas par le même nom. Vendre son corps dans la rue, c'est mal, et ça mérite d'être mis au ban de la société, mais le faire dans un hôtel chic, avec des personnes fortunées ou célèbres, en échange d'un gros chèque, c'est presque acceptable. Ça n'a rien de nouveau. Déjà, dans le passé, on distinguait les courtisanes et les putains, qui évoluaient dans des sphères différentes : contrairement à la putain mise au ban de la société, la courtisane franchissait les barrières sociales, parfois jusqu'à intégrer l'élite de la société. Les plus grandes courtisanes étaient des modèles de beauté et exposaient leurs atouts sans modestie ; elles ont inspiré la cour et ses modes, et se sont enrichies grâce à leur activité.

LA PAÏVA

La Païva est l'une des plus célèbres courtisanes du XIXe siècle. De son vrai nom Esther Pauline Blanche Lachmann, elle a à peine 20 ans lorsqu'elle quitte la Russie, avec pas un kopeck en poche, pour s'installer à Paris. Elle va alors se servir de son charme et de son audace pour devenir très vite la courtisane la plus en vue de la capitale. Au départ, elle se prostitue pour survivre ; elle s'arrange aussi pour emprunter de l'argent à des couturiers et d'autres courtisanes afin de s'acheter de beaux vêtements, ce qui lui permet de se rapprocher d'hommes fortunés. Elle offre ensuite ses charmes pour s'enrichir et vivre dans le luxe. Elle devient comtesse en se mariant avec Guido Henckel von Donnersmarck, un richissime Prussien qui lui fait construire sur les Champs-Élysées un des plus beaux hôtels particuliers de Paris, l'hôtel de la Païva, que les frères Goncourt surnommeront le « Louvre du cul » en raison de sa décoration érotique – *simple et explicite, non ?* La courtisane, en plus d'être belle et d'avoir bon goût, est appréciée pour sa capacité à parler plusieurs langues, sa culture et sa conversation. Soupçonnée d'espionnage, elle doit cependant quitter la France en 1877 pour se réfugier en Silésie, où elle meurt sept ans plus tard. Animée toute sa vie par l'ambition, la Païva a marqué l'histoire, laissant pour trace de son passage un lieu somptueux encore admiré par les passionnés du monde entier. Elle jette au visage de ceux qui ont douté d'elle l'étendue de sa richesse et de son bon goût. La Païva, c'est la revanche des TDS personnifiée.

VIS MA VIE DE TDS

Les TDS existent depuis toujours, dans toutes les classes sociales, et pourtant, rien n'est mis en place pour les protéger. Pire encore, on banalise les violences à leur égard. Une belle hypocrisie, quand on sait que le travail du sexe est partout et concerne tout le monde ! En effet, on parle souvent des clients, mais il y a aussi des clientes : la prostitution masculine destinée aux femmes existe bel et bien. D'ailleurs, puisqu'on y est, qu'en est-il des prostituées femmes à destination des femmes ? Des prostitués hommes à destination des hommes ? Des prostitué(e)s non binaires ? Peut-être que ces minorités ne sont finalement pas si minoritaires, mais ça, j'imagine que ça n'arrange personne d'en parler – *comme toujours quand il s'agit de minorités*. Du coup, j'ai voulu en savoir plus ! Vous l'avez compris, j'adore parler, mais si on veut avancer, il faut aussi savoir se taire et écouter. C'est pour ça que j'ai contacté Osmose.

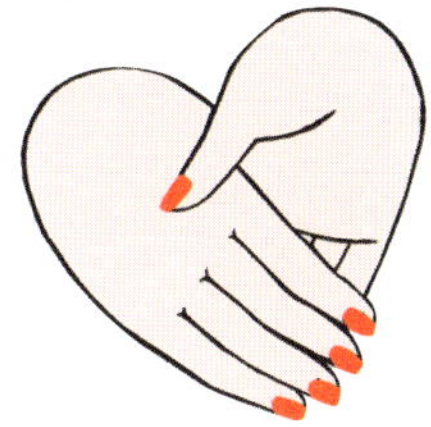

Salut, Osmose !
Est-ce que tu peux te présenter à nos lectrices et lecteurs ?
Je m'appelle Osmose, je suis TDS et je milite en leur faveur. Je fais également partie d'une association nommée Bad Boys qui est en train de se lancer. Je suis une personne agenre : tous les pronoms me vont, car mon identité dépasse tout ça. Je suis nomade, je bouge au gré du vent, et j'écris aussi énormément ! Notamment un « journal intime » public que l'on peut retrouver sur Internet, « L'Osmose des cendres. »

Peux-tu nous en dire plus sur ton métier et ton militantisme ?
Être TDS, c'est se faire de l'argent avec sa sexualité. Moi, je travaille dans le milieu gay/bi, même si ça peut évoluer. Je bosse en tant qu'escort et je milite pour les droits des TDS parce qu'aujourd'hui, les lois sont abolitionnistes et dangereuses, notamment celle sur le proxénétisme[2] : on n'en a pas besoin, car il existe déjà des lois contre la traite des humains, mais, en plus de ça, elle est hyperlarge. Concrètement, avec elle, tout le

monde est un proxénète potentiel : si je paye des croquettes à mon chat, il devient mon proxénète, si je paye un verre à mes amis, ils deviennent mes proxénètes. Tout ça parce qu'ils bénéficient de l'argent que je gagne avec la prostitution ! De plus, cette loi n'a pas vraiment eu d'impact sur le trafic. Elle nous empêche surtout de communiquer et de nous organiser, ce qui serait l'idéal.

Pénaliser les clients, c'est très problématique aussi : ça nous pénalise nous ! En 2016, le délit de racolage a été abrogé ; l'intention était de ne plus pénaliser les prostituées, parce qu'on les considère comme des victimes, mais les clients, parce que c'est eux les « méchants ». Sauf que si tu pénalises les gens qui font appel à nos services, tu nous pénalises aussi, c'est logique ! C'est même pire, parce que ça criminalise toute notre profession et entretient la honte, la stigmatisation. En fait, cette loi renforce le pouvoir du client. Par exemple, les clients négocient vachement plus, parce qu'ils savent qu'on est en pleine précarité ! Et puis, niveau IST [infections sexuellement transmissibles]… Quand tu réduis le choix des clients, tu réduis notre pouvoir d'imposer des conditions. Il faut qu'on mange, on prend ce qui passe. Parfois, ça donne même du « sans capote » ou des situations risquées, avec des clients qu'on n'irait pas voir si ces lois n'existaient pas.

C'est pour ça que tu milites ?

Oui. Au départ, je partageais des captures d'écran de conversations sur l'appli de rencontres gay et bi Grindr pour dénoncer ça, et ça a eu un bon impact sur Instagram ; j'y ai consacré un an de ma vie, j'ai rassemblé plus de 10 000 followers, et c'est génial pour le militantisme TDS. On n'avait jamais été reconnus ou écoutés, et là, j'ai ressenti un soutien, c'était une vraie victoire ! D'autant plus que plein de comptes sont nés après ça, ce qui fait qu'on prend de plus en plus de place. Avant, beaucoup de personnes étaient abolitionnistes, car elles n'avaient pas notre vision des choses et qu'elles ne pouvaient pas remettre en question ce qu'on leur avait enseigné. On réalise maintenant qu'il n'y a pas besoin d'essentialiser la prostitution, de la considérer comme bonne ou mauvaise, d'autant qu'on a tous une manière d'exercer qui nous est propre ; tout ce qu'il faut, c'est donner des droits et être juste « probonheur », pour l'accès à la dignité !

Comment t'es-tu intéressé à ce métier ?
Mon histoire est assez spécifique. Depuis tout jeune, j'ai un rapport très ouvert à la prostitution. Les putes m'ont toujours inspiré, j'étais sensible à leur énergie sensuelle, leur force. Je sentais que ces personnes avaient un réel vécu et ça me transcendait. Une fois entré dans la sexualité, je suis allé sur des applications de rencontres gay et, un jour, un mec m'a proposé de coucher avec lui pour 50 euros ; je me suis dit que c'était l'occasion d'essayer. Ça a été hyperfluide, je n'avais pas vraiment peur, j'y suis allé et ça c'est super bien passé ! Cette première expérience m'a conforté dans mon choix et a beaucoup joué dans mon histoire. Aujourd'hui, ça va faire huit ans que je suis TDS. Ce que j'aime dans ce travail, c'est que, dans tous les cas, il y a un cadre qui est clair, on discute des limites du consentement avant, ce qui fait que je me sens à l'aise et en sécurité. Les abolitionnistes parlent souvent du viol dans le travail du sexe, mais je n'ai jamais vécu ça puisque j'ai toujours posé des limites. Il faut arrêter de penser que les violences sexuelles sont inhérentes au travail du sexe ! C'est plutôt dans ma vie personnelle et mes rapports non tarifés que j'ai tendance à ne pas oser dire non, par peur de blesser l'autre ou par empathie. Mais je travaille dessus en ce moment, et je suis plutôt fier de moi.

Est-ce que le confinement a eu un impact sur ton activité ?
J'ai eu de la chance, j'ai eu l'aide de ma mère et du RSA. Pour mes collègues, des cagnottes ont été organisées pendant le premier, mais, pour le deuxième, tout le monde s'est remis au travail. Le gouvernement a promis 90 000 euros d'aides, mais c'est dérisoire ! Ce sont les associations qui ont fait le boulot de l'État. Ce dernier a majoritairement soutenu financièrement des associations abolitionnistes qui stigmatisent notre activité. Clairement, le Covid a accentué notre précarité.

De nombreux TDS disent que certains clients payent juste pour discuter, avoir un contact humain. Est-ce qu'on peut dire que les TDS ont un effet thérapeutique ?
Complètement : j'ai déjà eu des gens qui me payaient juste pour boire un verre ! Je me souviens notamment d'un homme de 70 ans qui s'était assumé très tard en tant que gay. Il avait les yeux qui brillaient, il était adorable ! Parfois, même si c'est sexuel, ça peut être très thérapeutique, ou pas du tout. De toute façon, de base, le sexe peut être thérapeutique. Mais dans une société qui serait saine, on pourrait aller

plus loin. J'aimerais bien faire des ateliers pour aider les personnes à s'approprier leur corps. Par exemple, on pourrait dire : « Aujourd'hui, on va faire du sexe, mais l'objectif, ça ne va pas être le plaisir, mais la gêne. On va apprendre à dire ce que l'on ressent, on va apprendre à dire non, on va s'entraîner à le faire. » Mais c'est compliqué d'imaginer ça dans une société qui stigmatise le travail du sexe.

Beaucoup de femmes féministes sont contre la prostitution... Qu'est-ce que tu en penses ?
C'est des femmes, donc elles subissent un sexisme omniprésent, systémique et lourd ! Je peux comprendre qu'elles soient indignées du fait que d'autres femmes fassent du sexe pour de l'argent, elles perçoivent ça comme une « vente de consentement ». En réalité, c'est juste une façon de voir les choses ! OK, on peut ne pas être d'accord là-dessus, mais si, en tant que féministe, tu veux protéger les femmes, alors donne-leur des droits ! Dans tous les cas, rien ne sert de chercher à abolir la prostitution, ça ne marchera pas. Il faut lutter contre le sexisme, la transphobie, etc. Le problème, ce n'est pas le travail du sexe ! Ce n'est pas en le diabolisant qu'on le fera disparaître. La solution, c'est d'améliorer ce qui existe déjà, et surtout, de nous permettre de nous organiser, et d'écouter la pluralité de nos réalités.

Est-ce qu'il y a des personnes qui t'inspirent dans ton militantisme ?
Oui, Giovanna Rincon, la présidente d'Acceptess-T[3]. C'est une femme trans, TDS et migrante... Je m'incline devant elle ! Elle subit énormément de pression, j'imagine, et malgré ça, quand j'essaye de défendre l'idée qu'il faut échanger avec les abolitionnistes, c'est une des seules qui soient d'accord. Pour moi, s'il y avait une personne à mettre au ministère du Travail du sexe, ça serait elle !

Il est difficile pour moi de retranscrire à l'écrit toute la bienveillance de cette personne. Osmose respire la joie, le bonheur et surtout la confiance. Je vous invite à le suivre sur ses réseaux, avec son compte personnel @o.s.m.o.s.e, où il partage ses connaissances et son militantisme, ainsi que celui de l'association dont il fait partie, @assobadboys. Merci, Osmose ! La prochaine fois, il n'y aura pas d'écran entre nous, juste une bonne bière !

[1] « Ovidie : "La loi sur la prostitution stigmatise la sexualité féminine" », entretien avec Sirine Azouaoui publié dans *Les Inrockuptibles* le 9 avril 2016.

[2] La loi contre le proxénétisme considère comme proxénète toute personne qui aide, assiste ou protège la prostitution d'autrui, ainsi que toute personne bénéficiant de l'argent gagné par un TDS dans le cadre de son activité professionnelle.

[3] Acceptess-T est une association de lutte contre toutes les formes de discrimination à l'encontre des personnes transgenres.

Les fiertés

« Tu dis que c'est mal d'être gay,
Eh bien, je pense que c'est toi qui es diabolique
[...] Ton point de vue est moyenâgeux. »

Lily Allen, « Fuck You », 2009

Alors qu'elle pose dans un paysage idyllique avec un T-shirt « Portrait of women who love women », l'autrice, compositrice et interprète Angèle fait son coming out sous un soleil de vacances. Ce qui est le plus flagrant, dans cette publication Instagram, c'est son sourire : qui oserait remettre en question son bonheur en le voyant ? Eh bien, des inconnus qui, apparemment, la connaissent mieux qu'elle-même ou ses proches – *normal, ils l'ont vue dans des clips ou sur ses réseaux* – et peuvent donc juger la situation. Son coming out devient soudainement « une passe », « un coup de communication » ou encore « une manière de rendre jaloux son ex ». Pour d'autres, c'est dommage « parce qu'ils l'aimaient bien » ou « parce qu'elle était talentueuse », comme si ça remettait en question ses compétences ou allait détruire sa carrière. Pourtant, son sourire rayonne si fort qu'en plus de faire des jaloux, on peut espérer qu'il aide d'autres personnes à se révéler.

Quelques mois plus tard, c'est le génie de la mode Jacquemus qui attise la haine des homophobes. Une simple publication, des photos de lui et de celui qui est probablement à l'origine des étoiles dans ses yeux, suffit pour faire flamber les commentaires haineux – *l'astuce du jour : scroller à l'infini est plus efficace que les moutons pour s'endormir.*

Puisque nous sommes là pour déculotter les idées reçues et reconstruire notre rapport à la sexualité, il paraît évident de ne plus limiter cette dernière à « pénis dans vagin ». Réduire notre culture du cul à l'hétérosexualité, au nom de concepts inventés de toutes pièces, c'est mal connaître la richesse de l'être humain et cracher sur sa beauté. Il est temps que ça cesse.

INCLUSION, EXCLUSION

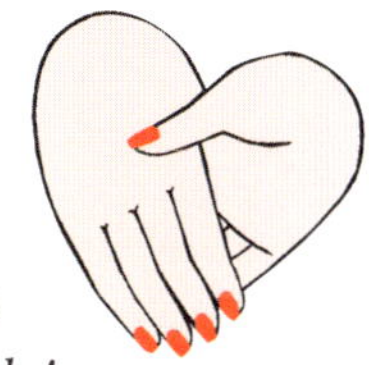

Aujourd'hui, on voit naître de plus en plus d'initiatives faisant appel à la bienveillance, des personnalités publiques ne redoutent plus de faire leur coming out, et même certains hommes ou femmes politiques prônent la « tolérance » – *outch ! Rhaaa, c'est con, on y était presque*. Même s'il y a de la bonne volonté, il serait bon de revoir sa copie. On ne tolère pas une sexualité, on la reconnaît, parce qu'elle existe et doit s'inscrire dans notre réalité, point barre. On pourrait minimiser le poids des mots, pourtant ce sont bien eux qui font toute la différence – *oui, je sais, je radote*. En ce moment, par exemple, c'est le terme « inclusif » qui est au cœur de tous les débats – *même « pizza à l'ananas » ne rivalise pas avec lui*. Si tout le monde a son avis sur le sujet, on s'en passerait bien, car certaines questions ne méritent pas d'être débattues.

En France, les mentalités évoluent doucement. Certes, en 2019, selon un sondage de l'Ifop, 85 % des Français estimaient que l'homosexualité est une manière comme une autre de vivre sa sexualité, contre 24 % en 1975[1]. Mais on constate une incohérence dans la perception de l'homosexualité : selon le même sondage, 88 % des Français pensent que les personnes homosexuelles devraient être libres de vivre leur vie comme elles le souhaitent, alors que 33 % trouvent « plutôt choquant » le fait de voir un couple d'homosexuels s'embrasser dans un lieu public. Ils sont aussi nombreux à estimer que les couples gays devraient « éviter de montrer leur homosexualité » dans les lieux publics. En gros, ça veut dire que même si les mentalités évoluent, l'homosexualité doit encore se cacher – *« On n'a aucun problème avec ça, mais ne vous montrez pas ! »* Du coup, apprendre à se découvrir au fil des années peut se révéler plus difficile pour certains que pour d'autres. Parfois, la difficulté ne se trouve pas dans l'acceptation de sa propre nature, mais dans le regard des autres : c'est souvent lui qui est à l'origine de souffrances et du silence.

Depuis un moment déjà, notre société se détache des préceptes religieux et culturels moyenâgeux. Grâce à ça, on ne fonde plus la notion de couple uniquement sur la capacité reproductrice des deux individus qui le composent. L'homosexualité et la bisexualité prennent peu à peu de la place dans nos représentations, mais elles sont encore présentées, notamment dans les discours conservateurs, comme des créations contemporaines. Ça paraît absurde de devoir l'expliquer : il n'y a rien de moderne ou d'innovant dans l'homosexualité, tout simplement parce qu'elle ne résulte pas d'une invention humaine et date encore moins de l'époque moderne – *notre sexualité est aussi vieille que nous, les hommes !* Penser l'hétérosexualité comme la sexualité par défaut n'est que le résultat d'une volonté conservatrice de rendre imperceptibles

POUR S'INFORMER

Avec Internet, on assiste à un élargissement des espaces *safe* permettant d'échanger entre communautés, mais aussi à une explosion des webséries, podcasts et documentaires mettant à l'honneur la culture gay. Dans son documentaire *Tellement gay !*, par exemple, Maxime Donzel remet en question le stéréotype du personnage homosexuel dans les films. Côté actualités, un énorme travail est fait par le média Komitid, mais aussi par le compte Instagram @lecoindeslgbt qui, en plus de s'aligner sur l'actualité, propose fréquemment des espaces d'échange bienveillants : l'endroit idéal pour s'exprimer ou s'éduquer ! Aussi, je ne peux que conseiller le super podcast *Coming Out* de Julia Layani et Elise Goldfarb, disponible sur Spotify, ou *Quouïr*, de Rozenn Le Carboulec. Si la volonté d'être plus inclusif dans nos représentations déclenche encore des débats, c'est la preuve que l'éducation est nécessaire. Assumer la pluralité de nos sexualités, c'est un premier pas vers une forme d'égalité, mais aussi vers une vision plus réaliste de ce que nous sommes réellement.

les sexualités éloignées du schéma hétérosexuel. *Je m'explique !* Si, déjà, dans notre cursus scolaire, on nous apprenait que certaines personnalités historiques emblématiques étaient homosexuelles ou bisexuelles, il n'y aurait plus cet effet de « culture majoritaire » de l'hétérosexualité. Il faut dire que notre histoire regorge d'illustres ambassadeurs méconnus de l'homosexualité, comme Léonard de Vinci, Henri III ou Beethoven[2] !

Ce qui joue en notre défaveur, c'est de penser « Je baise, donc je suis », ou « Tu baises, donc tu es » : les sociétés occidentales héritières de la culture judéo-chrétienne font constamment le lien entre sexualité et identité. C'est ce qu'explique Michel Foucault dans *La Volonté de savoir*, où il affirme que le fait d'associer les pratiques sexuelles à une identité est un concept récent, datant de la fin du XVIIe siècle. C'est d'ailleurs pour cela qu'en 1990, des chercheurs ont publié un ouvrage nommé *Before Sexuality* afin de définir ce qu'il y avait « avant la sexualité », autrement dit avant qu'on classe les sexualités dans des catégories, appuyant ainsi le changement qui s'est opéré dans nos représentations. Par exemple, dans l'Antiquité, les relations sexuelles n'étaient pas définies en fonction du sexe du partenaire : les hommes et les femmes ne s'identifiaient pas comme hétérosexuels ou homosexuels, mais se caractérisaient par leur appartenance sociale ; il était ainsi improbable de voir un citoyen entretenir une relation sexuelle avec un esclave.

DEUX TIROIRS

Même si on avance et que la parole se libère, les Français ont encore une vision assez primaire de l'amour et de la sexualité. À ranger cette dernière dans des cases, on se retrouve avec deux tiroirs : un pour l'hétérosexualité et un pour l'homosexualité. Pourtant, on n'est pas seulement gay ou hétéro : on peut aussi être pansexuel, bisexuel ou asexuel, par exemple – *hé hé !*

Lorsque Miley Cyrus a révélé sa pansexualité, les médias n'ont pas pu s'empêcher d'en faire leurs gros titres : « Pansexuel : l'orientation sexuelle qui séduit de plus en plus de jeunes », a par exemple titré Lebonbon.fr en février 2020 – *merci pour l'effort, mais on parle d'une recette de quiche ou d'orientation sexuelle ?* La pansexualité, c'est quoi ? *Est-ce que ça a un lien avec Peter Pan ? Non.* Une personne pansexuelle peut ressentir une attirance sexuelle, sentimentale ou spirituelle pour un individu sans se soucier de son genre. En gros, elle tombe amoureuse de quelqu'un pour ce qu'il est, sans prendre en compte ses caractéristiques biologiques ou son orientation sexuelle. Le terme n'est pas toujours bien compris, notamment parce qu'on fait mal la différence avec la bisexualité qui, à l'inverse, s'inscrit dans un schéma binaire. Autrement dit, une personne bisexuelle prend en compte le genre, homme ou femme, mais peut être indifféremment attirée par l'un ou par l'autre. Puisqu'on a du mal à comprendre et qu'on estime que ces personnes, qu'elles soient pansexuelles ou bisexuelles, ne s'inscrivent pas dans un ordre précis – *n'oublions pas que nos « ordres » se limitent à deux tiroirs* –, on les considère souvent comme indécises, et elles souffrent d'un manque de considération.

Une personne pansexuelle peut ressentir une attirance sexuelle, sentimentale ou spirituelle pour un individu sans se soucier de son genre.

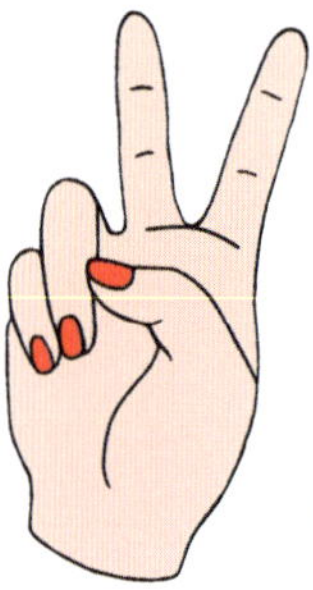

Avec cette vision restreinte, une personne pansexuelle par exemple est, selon le genre de celui ou celle avec qui elle est, automatiquement considérée comme hétérosexuelle ou homosexuelle – *il serait peut-être temps d'ajouter des tiroirs à la commode, non ?* Une fois que l'on comprend ça, il est facile de remettre en question les « majorités » hétérosexuelle et homosexuelle, qui ne sont en réalité pas des catégories homogènes, mais des regroupements de minorités diverses.

Ouais, j'ai date avec une Sylvie, so what ?

Autre vilain petit canard du cul : l'asexualité – *tiens, mon ordinateur souligne le terme en rouge, parce qu'il ne le connaît pas*. On parle tellement de l'activité sexuelle qu'on oublie que l'inactivité aussi fait partie de la sexualité des humains. Longtemps considérée comme une maladie, l'asexualité est en réalité une orientation sexuelle comme une autre. À ne pas confondre avec l'abstinence, qui consiste à volontairement renoncer à avoir des rapports sexuels, l'asexualité est simplement une absence d'attirance sexuelle. Très critiquée et remise en question, elle concernerait pourtant 1 % de la population mondiale. *C'est pas rien, hein !* Toutefois, l'absence d'activité sexuelle n'empêche pas d'entretenir des relations amoureuses. *Et pourquoi pas, si tout le monde y trouve son compte ?*

GROSSES LACULNES

Les conséquences du manque d'éducation sexuelle se font ressentir au quotidien. Si, déjà, en tant qu'hétérosexuel, on rencontre des difficultés d'apprentissage de la sexualité alors qu'on bénéficie d'une représentation prédominante et de multiples sources d'information, imaginez comme ça doit être difficile pour ceux dont la sexualité souffre d'invisibilité ! Dans le cas de la santé lesbienne, par exemple, la communication et la prévention autour des infections sexuellement transmissibles est loin d'être une priorité. Côté moyens de protection, c'est limité aussi : le préservatif féminin ou la digue dentaire, ce n'est pas ce qu'il y a de plus pratique. D'autant plus qu'en en discutant avec des personnes concernées, j'ai découvert qu'il est difficile de trouver des digues dentaires dans les pharmacies, ce qui amène des jeunes femmes à en fabriquer en découpant des préservatifs – *et on le sait, capote et ciseaux ne font jamais bon ménage.*

Quand on sait tout ça, on comprend mieux pourquoi il est nécessaire d'être plus inclusif dans nos représentations. Alors oui, ça demande de s'intéresser de près au sujet, mais on peut espérer qu'à l'avenir, les coming out ne seront plus l'objet de moqueries, voire ne seront plus nécessaires, que les personnes asexuelles ne redouteront plus de s'assumer, que notre vision du cul ne se limitera plus à deux tiroirs, mais à une immense galerie des fiertés – « *I came in like a wreeeecking baaaall !* »

UNE HISTOIRE DU MILITANTISME LGBT

Il est assez difficile de parler de l'histoire de l'homosexualité, tout simplement parce que ça reviendrait à parler de l'histoire de l'humanité dans sa globalité. De plus, il faudrait penser l'homosexualité comme une catégorie figée, dont la seule définition est celle que nous connaissons aujourd'hui. Or, ce n'est pas le cas. En revanche, il est possible de raconter une partie de l'histoire des militants qui se sont battus pour faire valoir leurs droits et exister dans une société hétéronormée.

Si le militantisme LGBT existe depuis longtemps, ses heures de gloire datent de la fin du XXe siècle. Au début des années 1970 naît en France un mouvement radical, le Front homosexuel d'action révolutionnaire (FHAR), qui se bat pour un changement de société en faveur de l'homosexualité et tient ses assemblées générales aux Beaux-Arts de Paris. Mais en 1974, ces réunions sont interdites, et le mouvement disparaît. Pour autant, cela ne signe pas la fin du combat ! Les militants portent leurs revendications dans des Groupes de libération homosexuelle (GLH) autonomes à travers la France entière. L'objectif reste le même : contrer l'invisibilisation en renforçant la présence des LGBT dans l'espace public, et revendiquer le droit à la dignité. Le 25 juin 1977 est organisée la première manifestation homosexuelle indépendante en France, ouvrant la voie à la tenue chaque année de la fameuse Gay Pride, renommée Marche des fiertés en 2001.

En parallèle se développe un art militant dans des lieux clos nommés *ballrooms*, où l'on organise des concours de travestissement, des duels de danse et des défilés. Mais face à la discrimination raciale qui règne dans ce milieu, la communauté LGBT noire et latino crée dans les années 1970 son propre mouvement, le voguing, autour d'une danse qui reproduit les poses des mannequins dans les magazines, tout en interrogeant les codes sociaux du genre et de la sexualité. Bien plus qu'une simple danse, le voguing est une contre-culture née de l'initiative de personnes victimes d'une double discrimination (en raison de leur orientation sexuelle et de leur origine ethnique) : c'est un acte politique au rythme endiablé. En 1990, Madonna sort son single « Vogue » et, en 1991, le documentaire de Jennie Livingston *Paris Is Burning*, consacré à la star du voguing Paris Dupree, remporte plusieurs récompenses, dont le grand prix du jury au Festival du film de Sundance. Le mouvement se popularise !

DE L'ÉDUCATION AVANT TOUTE CHOSE !

Malheureusement, encore aujourd'hui, en 2021, il n'est pas sans risque d'assumer sa sexualité. Selon le *Rapport sur les LGBTIphobies 2020* de SOS Homophobie, en France, les violences à caractère anti-LGBTI ont connu en 2019 une augmentation de 36 % par rapport à 2018. Pendant la crise sanitaire liée au Covid-19, pour répondre aux risques de violences intrafamiliales à l'égard des jeunes LGBT en période de confinement, le gouvernement a débloqué une enveloppe de 300 000 euros pour financer un dispositif d'hébergement d'urgence géré par l'association Le Refuge. Il existe aussi des actions de lutte contre les violences psychologiques qui leur sont infligées : par exemple, le compte Instagram @lecoindeslgbt a récemment demandé l'interdiction des thérapies de conversion. Si nous voulons évoluer, soutenons les associations qui font un travail extraordinaire et éduquons notre entourage pour lutter contre ces violences !

L'histoire du militantisme LGBT prend un tournant dans les années 1980 avec l'apparition du sida, qui renforce la discrimination. Aujourd'hui encore, par manque de pédagogie, l'homophobie persiste, même parmi les plus jeunes générations. On constate toutefois des avancées de la part des institutions : le mariage homosexuel a ainsi été légalisé en France en 2013. La communauté homosexuelle peine encore à faire valoir ses droits, mais elle est de plus en plus visible et crée de nouveaux espaces communautaires bienveillants. Aussi, l'art queer[3] reprend petit à petit sa place dans l'histoire de l'art, certains artistes jusqu'ici oubliés ou censurés se voyant dédier des expositions. Des mouvements reviennent en force, comme le voguing qui, en 2018, pour la Fête de la musique, s'est fait une place à l'Élysée, où Kiddy Smile, icône française de la communauté LGBTQI+[4] et figure emblématique de la scène voguing parisienne, s'est affiché avec un T-shirt « Fils d'immigrés, noir & pédé » – *c'est génial, je ne m'en lasse pas.* Le voguing séduit de plus en plus de jeunes et son impact s'élargit, ce qui est une bonne nouvelle, à condition de ne pas oublier son origine ! C'est ce qu'explique Vinii Revlon, célèbre vogueur français : « Tu viens, tu t'ajoutes, la porte est ouverte, mais tu ne dois pas te l'approprier. Il y a des règles, et tant que les gens les respectent, il n'y a pas de soucis ! » *Alors, quand est-ce qu'on s'y met, les p'tits culs ?*

« COME ON, VOGUE... »

Pour mieux comprendre le voguing, j'ai voulu donner la parole à Vinii Revlon, que j'ai eu la chance de rencontrer lors d'un événement où nous intervenions tous les deux. En plus d'être stylé et de parfaitement maîtriser son art, Vinii respire la bienveillance. Je ne pouvais donc pas vous priver d'une entrevue avec lui ! Je vous invite également à le suivre dans ses aventures et sur son compte Instagram, @viniirevlon.

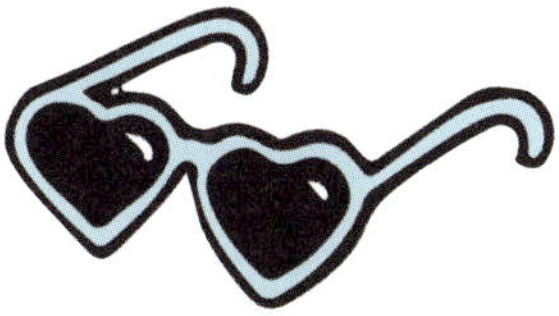

Hello, Vinii ! Est-ce que tu peux te présenter à nos lecteurs et lectrices ?
J'ai 29 ans, je suis un artiste qu'on pourrait dire « 360 » : j'aime toucher à tout, mais je suis plus particulièrement dans le voguing ; je l'enseigne et le pratique depuis pas mal d'années maintenant ! Je suis prof de voguing dans les collèges, mais j'enseigne aussi la vie sociale, on parle de tout ce qui est discrimination, homophobie, racisme, et on débat sur tout ça. On crée des discussions par le biais du voguing, j'instaure un espace *safe* où on a des gros débats, on peut tout se dire sans jugement, dans le respect de l'autre, l'écoute et la bienveillance. Je suis aussi officiellement résident à la Gaîté Lyrique, où j'organise des *balls* de voguing chaque année. Je viens également de sortir mon émission sur la danse, *Body Movin'* : elle est disponible sur le site de la Gaîté Lyrique et sur YouTube !

Depuis quelques années, on voit de plus en plus de vogueurs dans les clips, sur les grandes scènes, même à l'Élysée ! Quel message ça fait passer à la communauté noire homosexuelle ?
Moi, quand j'étais plus jeune, je n'arrivais pas à me situer ou à me projeter. À la télé, je ne voyais pas de superhéros noirs, par exemple ! Quand tu es jeune, que tu te cherches et que tu sens qu'il y a quelque chose de différent chez toi, tu vois, genre... tu aimes les vêtements, tu aimes les couleurs ; on te dit que les garçons aiment jouer au foot, mais ce n'est pas ce qui te plaît, toi, tu aimes la danse et tout... Et donc, de ne pas voir ces représentations-là à la télé, ça te fait te poser des questions ! Aujourd'hui, le fait d'avoir des personnes comme nous, comme Kiddy Smile, à la télé, que ce soit dans des clips, des films ou des séries, aide déjà à se situer. Tu peux enfin t'identifier, tu comprends que tu n'es pas juste un Martien parmi les humains, tu peux te dire : « Il existe des gens comme moi. » Notre présence dans les médias, il n'y a rien de plus normal, parce qu'on existe ! On a toujours existé, c'est juste qu'on n'était pas visibles. Donc le *mood*, c'est « on est là, on ne bouge pas », et le message qu'on porte, c'est « commencez à vous y faire, on est en 2021, la France, c'est ça aussi » !

De plus en plus de jeunes s'intéressent au voguing. Qu'est-ce que ça t'inspire ?
Ce qui m'inspire, c'est de voir qu'ils puissent se sentir bien, se sentir libres ! Qu'ils puissent se dire : « J'ai le droit de porter ça, de porter des talons, de me maquiller, de mettre une *wig* [perruque], d'être qui je veux l'espace d'un instant. » Notamment

pendant un événement comme un *ball*. Le *ball*, c'est un endroit où tu te sens bien, où on te forme et on te donne des armes pour que, une fois dehors, tu te sentes armé. C'est comme un camp militaire, mais avec des talons, peut-être ! [Rires.]

Quelle est la personne qui t'a inspiré quand tu étais jeune ?
Ma mère. C'est une battante ! Elle a un cœur pur, elle est très gentille, c'est une bonne personne, donc elle m'a inspiré pour être une bonne personne ! Après, l'effet qu'elle a sur moi a ses limites, puisque nous sommes différents et que je fais partie de la communauté LGBT, et pas elle. Je n'ai pas eu d'autres sources d'inspiration jusqu'à ce que je rencontre Kiddy, ce qui est arrivé assez tard dans ma vie. J'ai dû attendre d'être adulte pour avoir vraiment une représentation physique, visuelle, pour rencontrer quelqu'un qui a un message à faire passer, une vision des choses qui englobe beaucoup de pensées. Aujourd'hui, c'est comme si c'était mon grand frère ; on est proches, on grandit ensemble, il m'a beaucoup inspiré et m'a appris à être fier de qui je suis.

« It's okay to be different, 'cause normal is boring. »
Vinii Revlon

[1] « Le regard des Français sur l'homosexualité et la place des LGBT dans la société », étude Ifop pour la Fondation Jasmin Roy Sophie Desmarais réalisée en juin 2019.

[2] Source : *Les Amours masculines de nos grands hommes*, de Michel Larivière, La Musardine, 2014.

[3] Le mot anglais *queer* signifie « étrange », « bizarre ». C'était à l'origine une insulte, utilisée pour désigner les personnes issues de minorités sexuelles et de genre. Cependant, au début des années 1990, ces dernières ont décidé de se réapproprier le terme pour défendre leurs droits et leur mode de vie.

[4] L pour *lesbienne* ; G pour *gay* ; B pour *bi* ; T pour *trans* ; Q pour *queer* ; I pour *intersexe* ; + pour tous les autres.

LA « RÉVOLUTION DU GENRE »

C'est un concept universel : toutes les sociétés cultivent la binarité entre les hommes et les femmes. En fonction de notre sexe, nous nous voyons assigner un code de conduite qui détermine notre comportement, notre façon de penser, notre apparence, notre langage, notre manière de nous approprier l'espace – *voire notre salaire !* Cette identité culturelle qu'on nous colle comme une étiquette en fonction de notre appartenance biologique au sexe masculin ou féminin, c'est ça, le genre.

Le genre est partout : c'est en son nom que, par exemple, une femme peut porter une robe, ou qu'on a le réflexe d'offrir des petites voitures à un garçon. On appelle ça « l'ordre du genre ». C'est tellement ancré dans notre éducation qu'on pense souvent que notre genre est naturellement lié à notre sexe biologique, alors qu'il n'est en réalité qu'une construction sociale. Déconstruire les stéréotypes de genre et l'éducation qui en découle permet de faire la différence entre ce qui nous correspond vraiment et ce qu'on a inconsciemment accepté sous la contrainte. Reconnaître le genre comme une construction permet donc une réappropriation du réel, mais aussi une libération identitaire.

Si vous avez du mal à comprendre, pas de panique, c'est légitime ! Vu le peu d'éducation que l'on reçoit sur le sujet, il est normal de se demander ce que c'est, la non-binarité. Quand une personne se dit « non binaire », ça signifie qu'elle ne se sent ni homme ni femme ; elle estime être un mélange des deux, se situer entre les deux ou n'appartenir à aucun des deux. Selon un sondage Ifop réalisé en novembre 2020, cela concerne 22 % des Français et Françaises de 18 à 30 ans – *un nombre considérable, pour un sujet encore incompris dans notre société.*

Récemment, plusieurs journalistes se sont intéressés au sujet, essayant de le vulgariser avec bienveillance ; on a même parlé de « révolution du genre ». C'est d'ailleurs le titre d'un reportage de Martin Weill sur la transidentité et la non-binarité diffusé sur TMC au début de l'année 2021. Malgré quelques maladresses, on ne peut que se réjouir de voir une grande chaîne de télé faire entendre la voix de celles et ceux qui sont souvent privés de tribune ! Ces notions sont en effet encore trop souvent décrédibilisées ou perçues comme des effets de mode. Forcément, les réactions violentes sur les réseaux sociaux sont légion : entre les insultes, le mépris et l'infantilisation, on ne peut que constater le retard de la France sur le sujet – *what a surprise, bitch !* Certains anciens plaignent les nouvelles générations et prennent un air désolé (*et désolant*) face à ce sujet qu'ils ne comprennent qu'à moitié. D'autres enfilent leur blouse de biologiste en carton et tentent par tous les moyens de prouver que le genre n'est pas un conditionnement mais bien une science, l'œuvre de Mère Nature, critiquant un sujet qu'ils ne comprennent pas. Mais reconsidérer la notion de genre demande déjà d'y porter un minimum d'intérêt, et il peut être difficile de remettre en question quelque chose qu'on nous a enfoncé dans le crâne dès notre plus jeune âge en nous faisant croire que c'était naturel, inné. Pour ça, il faut être capable de s'interroger sur soi-même et sur sa vision du monde.

Quand on a le choix, ou quand on n'a pas de choix à faire, on est libre, et ça, ça fait chier ceux qui ne se sentent pas concernés. C'est souvent l'utilisation de l'expression « genre neutre » qui provoque le plus d'incompréhension car, dans l'inconscient collectif, le mot « neutre » est associé au néant. Pourtant, ce terme n'est pas péjoratif : être neutre, c'est s'offrir la possibilité d'être ce que l'on souhaite quand on le souhaite, de déterminer son propre genre. Certaines personnalités comme Sam Smith ou Ericka Hart utilisent leur notoriété pour assumer leur non-binarité et rassurer les personnes qui partagent ce ressenti.

Du coup, on peut se demander comment s'adresser aux personnes non binaires sans leur imposer un genre... La langue française ne possède pas de neutre, alors on a inventé un nouveau pronom : « iel ». Puisqu'on ne connaît pas encore très bien cette formulation, elle paraît complexe. C'est notamment ce que constate Lee, une personne *gender fluid*, dans le podcast Fraîches : « Même pour moi, c'est très difficile à utiliser dans la vie de tous les jours, parce que ça fait vingt-sept ans qu'on me dit "c'est il ou elle". » Mais après tout, le mieux n'est-il pas de demander directement à la personne à qui on s'adresse quel pronom elle souhaite qu'on utilise pour la désigner ? *On en fait tout un pataquès, mais finalement, il n'y a rien de plus simple que de demander !*

Demander, c'est ce que n'ont pas fait certains médias lorsque l'acteur canadien Elliot Page a annoncé sa transition biologique et sociale sur les réseaux sociaux. Tous se sont emparés du sujet, et on ne peut que se réjouir de voir certains journalistes s'intéresser à la communauté transgenre ! L'acteur, qui vivait depuis des années dans l'angoisse de la haine que pourrait susciter son annonce, n'a finalement pas hésité à revendiquer son identité et son changement biologique. Pourtant, certains ont continué de l'appeler par son *deadname*[1] et à le présenter comme « l'actrice » du moment... *Aaaah, c'est fatigant, parfois, n'est-ce pas ?*

Transgenre ? Quésaco ? Si, là aussi, vous avez du mal à comprendre, c'est normal, car la communauté transgenre souffre d'invisibilité depuis des siècles. Une personne transgenre est un individu dont l'identité diffère du sexe qui lui a été assigné à la naissance. Les personnes transgenres s'identifient comme homme ou femme, ou conçoivent leur identité de genre en dehors de cette binarité. Certaines personnes trans se retrouvent à faire deux types de transition : une transition sociale, c'est-à-dire l'affirmation de leur identité auprès de l'administration, par exemple, et une transition biologique, qui peut nécessiter des traitements hormonaux ou des opérations chirurgicales. Pour en savoir plus sur le sujet, vous pouvez regarder le documentaire *Océan*, disponible sur france.tv, qui retrace le parcours de transition d'Océan, comédien et réalisateur. Vous allez certainement apprendre des choses, rire, pleurer et avoir le cœur rempli d'amour, donc ça vaut le coup !

Il était important pour moi, en tant qu'alliée, d'aborder le sujet, mais je ne le maîtrise pas parfaitement et je souhaite laisser les personnes concernées vous en dire plus. C'est pour cela que je préfère vous rediriger vers des comptes, des médias ou des livres qui éduquent quotidiennement sur le sujet.

Livres
Une histoire de genres. Guide pour comprendre et défendre les transidentités, de Lexie, 2021.
Un appartement sur Uranus, de Paul B. Preciado (préface de Virginie Despentes), Grasset, Paris, 2019.

Comptes Instagram
@representransfr / @la.peau.d.hugo / @morgan.noam / @mattxiv / @pinkmantaray / @nosvoixtrans / @laurabadler / @venusliuzzo / @aggressively_trans

Média
xymediafr

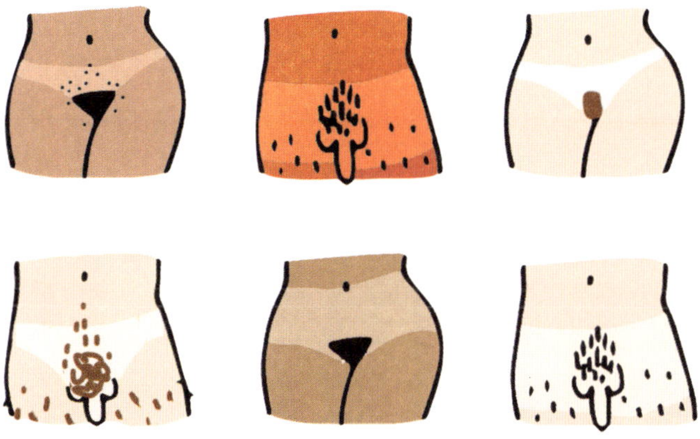

[1] Comme l'explique bien Laura Badler dans sa vidéo YouTube *Mon deadname*, « le *deadname* est le nom qu'une personne transgenre avait avant de faire sa transition ». Le *deadnaming* désigne l'usage de cet ancien nom sans le consentement de la personne concernée ; c'est parfois intentionnel, pour rejeter son identité.

Mâle baisé

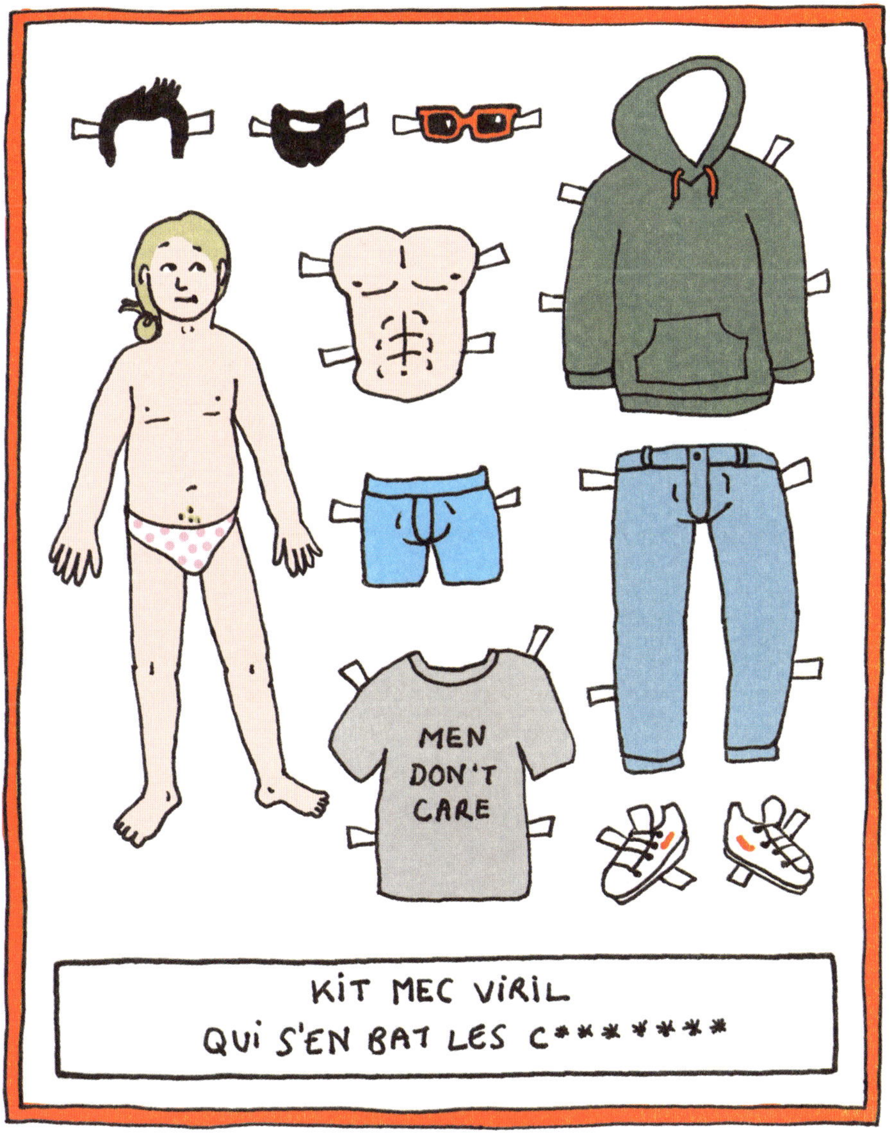

Un jour, j'ai reçu un drôle de message sur mon compte Instagram, Le Cul nu : le témoignage d'un jeune homme hétérosexuel qui affirmait qu'il se sentait « constamment humilié », notamment quand il couchait avec des femmes, parce qu'il avait l'impression de ne pas être à la hauteur. Après avoir discuté avec lui, je me suis rendu compte que ses angoisses provenaient du fait qu'il se comparait en permanence à des modèles inaccessibles. J'ai également pris conscience que, s'il se comparait à eux, c'est parce qu'il n'en avait pas d'autres à disposition. Les stéréotypes de genre nous imposent, à nous les femmes, des codes de conduite jusque dans notre sexualité. Mais qu'en est-il des hommes ?

En tant que femme cis, j'ai passé la majeure partie de ma vie à me battre contre les injonctions. Je remarque désormais que les hommes aussi subissent des pressions normatives, notamment dans le cadre des rapports hétérosexuels. *Mais alors, est-ce qu'on n'en aurait pas tous un peu ras le bol, de tout ça ?* Du coup, souhaitant connaître le point de vue d'autres hommes sur le sujet, j'ai pris mon portable et lancé un appel à témoignages à ma communauté de p'tits culs : je voulais savoir comment les premiers concernés faisaient pour vivre et évoluer avec l'ordre du genre masculin. En quelques minutes à peine, j'ai reçu plusieurs témoignages, par exemple de Cyril qui m'a confié : « Je ressens un peu une pression, dans le sens où j'ai l'impression que, parfois, je ne suis pas vrai pour les gens parce que je ne suis pas le parfait stéréotype du mec viril. » Parlons-en !

Il a même pas tenté plus !

Trop pas "un mec" !

« TU SERAS VIRIL... »

« Tu seras viril mon kid,
Tu hisseras ta puissance masculine
Pour contrer cette essence sensible que ta mère
Nous balance en famille. »

Eddy de Pretto, Kid, 2017

On se pose forcément la question : c'est quoi, être viril, au juste ? Eh bien, la virilité, c'est ce qu'on considère comme l'opposé de la féminité, concept associé au genre féminin. C'est une notion mouvante, qui diffère d'une culture à l'autre. Si naître avec un pénis est une réalité biologique, devenir un homme, notamment un homme viril, est une construction sociale. Dans notre culture occidentale, on attend des hommes qu'ils soient un concentré de force et de courage. Ainsi repose sur eux la responsabilité de la protection : on estime que, de façon innée, ils doivent savoir se battre pour se protéger et protéger les autres – *le syndrome du superhéros !* La virilité est ainsi une performance constante qui n'existe qu'à travers le prisme de la validation du regard extérieur. C'est ce dont témoigne Thomas[1], qui m'a confié avoir déjà subi une forme de jugement dans sa vie.

La virilité, selon les principes qui la définissent, est une éducation à l'insensibilité. C'est ce qu'explique Alexis : « Moi, ça vient de l'éducation : j'aimerais bien pleurer plus, je ne pleure presque jamais alors que ça fait du bien. » Dans une société qui perçoit la tristesse comme une faiblesse, la virilité, qui incarne la puissance et la force, incite à cacher ses émotions.

Lucas : « Je suis un homme transgenre. Pendant ma transition et jusqu'à mon déclic, j'ai entièrement intégré les stéréotypes de genre pour me légitimer comme homme cis. [...] Je me suis rendu compte que la pression de la masculinité, du physique et de la façon de penser m'avaient totalement influencé. [...] Heureusement, j'ai vite changé ma façon de penser. »

Charles : « J'ai quitté mon boulot pour être père au foyer pendant près de trois ans. Beaucoup de jugement dans le regard des autres, de réflexions du type : "C'est ta femme qui ramène l'argent, ça ne te gêne pas ?" [...] Le pire, c'est en soirée, quand tu rencontres des gens et que tu dis être "au foyer", tu n'existes plus socialement ! [...] Donc gros *big up* à toutes les personnes au foyer, vous faites un travail formidable. »

Dans notre système viriarcal[2], il existe donc une domination non seulement des femmes par les hommes – *jusque-là, rien de nouveau* –, mais aussi de certains hommes par d'autres, plus « virils ». On a établi une hiérarchie de la masculinité, des « vrais hommes » en haut de l'échelle aux « tafioles » ou « fillettes » – *comme vous pouvez le constater, ces insultes ne manquent pas de saveur : on est sur un cocktail d'homophobie et de sexisme.* Si tout ce qui est masculin est supérieur au féminin, alors les femmes les plus « masculines » sont susceptibles d'être plus respectées que les autres et, à l'inverse, les hommes qui manifestent de la féminité sont méprisés – *est-ce qu'on ne dirait pas un théorème du sexisme ?* Par exemple, les femmes à la voix grave, caractéristique considérée comme masculine, sont souvent mieux considérées que celles qui ont une voix aiguë. Du coup, certaines personnalités publiques vont jusqu'à prendre des cours de positionnement de la voix !

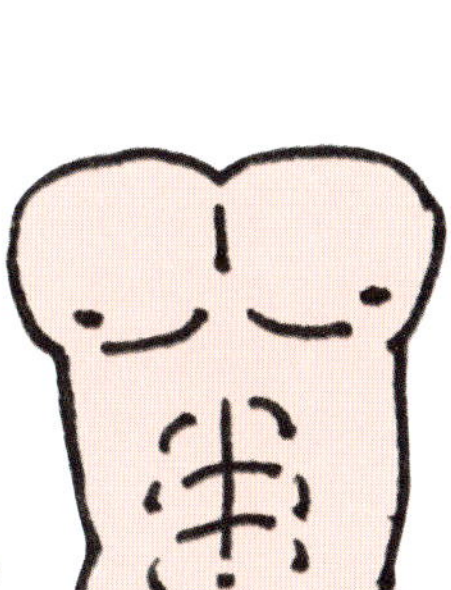

César : « Je me sens bloqué entre le fait de devoir performer une masculinité hégémonique pour être un minimum respecté et mes goûts, car je suis ce qu'on appelle "une folle", et j'aime beaucoup les choses perçues comme féminines. »

Nicolas : « La virilité, ça a détruit beaucoup de choses en moi. [...] Au collège, j'ai dû gommer mes "manières", dites "trop féminines", pour que l'on arrête de m'embêter avec ça. [...] J'ai aussi coupé mes cheveux longs pour ressembler aux autres garçons. Aujourd'hui, je me réapproprie ma masculinité petit à petit, mais beaucoup de phrases et d'actes prouvant "ma virilité" reviennent malheureusement, et ça m'énerve, je n'en veux plus ! »

Avec le féminisme, les femmes ont cherché – et cherchent encore – à se libérer des injonctions, quitte à déranger. Grâce à ce combat qui avance, elles ont de plus en plus de modèles auxquels s'identifier, une pluralité des représentations se met en place. Les combats féministes sont souvent accusés d'être à l'origine de complexes chez la gent masculine, de provoquer une « crise de la virilité » ou encore « une perte de repères pour les hommes[3] », mais ils n'y sont en réalité pour rien. Le féminisme dérange parce qu'il prouve qu'il est possible de revoir les bases de notre société, de la construire autrement, même pour le genre masculin. Il faut pourtant se rendre à l'évidence : la virilité a creusé sa propre tombe. Quand on cultive un idéal irréaliste, on nourrit une frustration et on finit par détruire ce qui est à l'origine de ce mal-être. C'est pour cela que aujourd'hui, le concept de la virilité est dans une phase de déconstruction-reconstruction partout dans le monde – *bingo !*

Benoît : « Je suis un homme cis en colère. J'en ai marre d'être témoin de notre ignorance cultivée, [...] de notre refus de bouger les lignes [...] et d'admettre qu'un changement est absolument indispensable. [...] Chaque homme cis vit sur une espèce d'île où il se connaît mal, vit à travers des clichés, des cultures et des sous-cultures. »

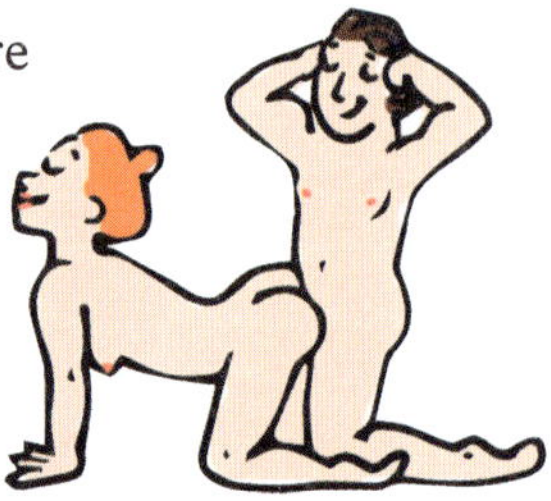

Certains parlent avec nostalgie d'une époque supposée révolue où « les hommes étaient des vrais hommes ». Des gros durs ! Vous avez sûrement déjà entendu des remarques du type : « Avant, les hommes étaient plus... », « ils n'avaient pas peur de... », ou encore : « Où sont passés les vrais hommes ? » Pourtant, Olivia Gazalé l'explique brillamment dans son livre *Le Mythe de la virilité* : « Le masculin a toujours été problématique, aussi loin qu'on remonte dans le temps. Depuis la Grèce antique, le refrain est connu : chaque génération regrette le temps où les hommes étaient de vrais hommes. Cette nostalgie d'une virilité originelle [...] réapparaîtra de manière chronique tout au long de l'histoire. » *Ah oui, donc on n'est pas sur du scoop.*

Si on parle de « mythe » à propos de la virilité, c'est parce qu'elle n'est rien d'autre qu'une construction culturelle évoluant avec les époques. On présente souvent la virilité comme un exemple ou un idéal, mais on constate surtout qu'elle est vécue comme un piège pour les hommes, forcés de contrôler leurs émotions et parfois même leur sexualité.

On présente souvent la virilité comme un exemple ou un idéal, mais on constate surtout qu'elle est vécue comme un piège pour les hommes, forcés de contrôler leurs émotions et parfois même leur sexualité.

BAISE COMME UN HOMME

En effet, le surhomme se fabrique aussi sous les draps. L'homme viril, cet être parfaît, est forcément dominant et assoiffé de sexe. De nombreuses croyances viennent renforcer ce stéréotype, comme celle qui veut que les hommes aient des pulsions sexuelles qu'ils ne peuvent pas contrôler, ou qu'ils aient envie de sexe en permanence : disons-le une bonne fois pour toutes, c'est *con*plètement faux – *qui se charge de prévenir la presse ?*

Antoine : « Je me sens sous pression vis-à-vis de mon physique, mais aussi du fait de ne pas vouloir sauter sur tout ce qui bouge, et ça, ça m'énerve au plus haut point ! »

Soyons honnêtes, la pornographie *mainstream*[4] a sa part de responsabilité dans la construction de la « virilité sexuelle ». En effet, en plus d'offrir une vision erronée du sexe, elle dispense le spectateur de certaines réalités pour s'aligner sur l'image « parfaitement virile » qu'un homme est censé donner. Par exemple, vous ne verrez jamais un sexe au repos ou un personnage demandant à faire une pause parce qu'il fatigue. Vous ne verrez pas non plus la préparation des acteurs ni les traitements à base de Viagra qu'ils prennent pour tenir sur la longueur des séquences – *les effets spéciaux, ce n'est pas que dans* Avatar*, il y en a aussi beaucoup dans la pornographie ! Est-ce qu'on peut dire que ce sont des effets spé-cul, du coup ?* Si on fait son éducation sexuelle avec ces films, on a donc pour modèle l'image du mâle triomphant doté d'un sexe de taille impressionnante, brandissant une érection irréprochable, maîtrisant parfaitement les positions, le rythme et la durée d'un acte sexuel. C'est ce qu'a vécu Jeremy au début de sa vie sexuelle : « J'ai commencé ma vie sexuelle il n'y

LA PORNOGRAPHIE ÉTHIQUE

Si vous êtes en quête de réalisme et si vous aimez la pornographie, pas de panique, il existe une variante de qualité. On parle souvent de « pornographie féministe » ou de « pornographie éthique » : ce dernier nom lui correspond bien, car elle se veut éthique dans sa production, mais aussi dans ce qu'elle présente. Ainsi, elle est payante afin que les acteurs, actrices et équipes de production bénéficient d'un réel revenu, avec des contrats de travail en règle qui respectent leurs souhaits et limites. Cette pornographie plus réaliste met en scène des acteurs et actrices tels qu'ils sont, et propose une représentation diversifiée des fantasmes et des plaisirs. La pornographie est un art, un lieu extraordinaire de fantasmes et d'amusement qui mérite plus de considération, à condition que ce qu'elle présente soit à la hauteur. C'est exactement ce que les productrices et réalisatrices Olympe de G., Erika Lust, Lucy Blush ou encore Anoushka proposent dans leurs œuvres – *que je vous encourage à regarder !* Pour en savoir plus sur les conditions de travail des acteurs et actrices de l'industrie de la pornographie *mainstream*, je vous invite à lire *Judy, Lola, Sofia et moi* de Robin d'Angelo, aux éditions Goutte d'Or, ou à regarder *Hot Girls Wanted*, documentaire disponible sur Netflix.

a pas si longtemps. [...] Ce qui m'a le plus surpris, c'est ce que mes partenaires attendaient de moi : du sexe "hard". Je n'ai rien contre ça, en principe, mais c'est surprenant. » Le hardcore est une manière de pratiquer le sexe reposant sur la performance et parfois des rapports de force. D'accord, tous les goûts sont dans la nature, et ça peut être sympa si on aime ça, mais il est aujourd'hui tellement présent dans le porno qu'il influence directement notre vision du sexe : si les nouvelles générations adoptent cette pratique, c'est parce qu'elles pensent que c'est la seule et unique façon de « faire du sexe ».

Thomas : « Il y a toujours la pression que l'on se met soi-même par rapport à ses "performances sexuelles". [...] C'est toujours un peu compliqué pour ma conjointe de comprendre que, parfois, l'érection peut disparaître sans raisons particulières. »

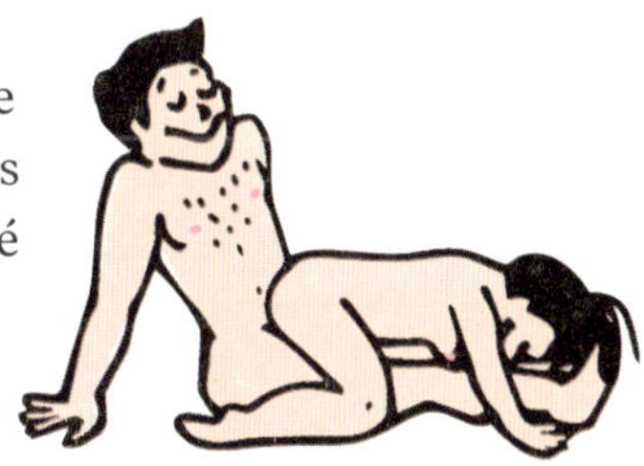

Comme la pénétration vaginale est encore trop souvent au cœur des rapports hétérosexuels, l'érection et la taille du pénis sont considérés comme des témoins de virilité. Ainsi, le phallus est perçu comme un outil de pouvoir, ce qui ressort même dans notre langage : par exemple, pour désigner les dysfonctionnements érectiles, on parle d'« impuissance » ; ce terme, en suggérant que l'absence d'érection est un manque de pouvoir, conditionne inconsciemment notre façon de penser et peut être à l'origine d'un mal-être – c'est vraiment bête, quand on sait que 61 % des Français ont déjà eu un dysfonctionnement érectile[5] et que l'érection n'est pas nécessaire pour donner du plaisir à l'autre. Autre exemple, que l'on peut notamment lire dans les titres de séquences pornographiques, ce que j'aime appeler le « champ lexical du bourrin » : les termes « prendre », « labourer », « enfiler », « défoncer », « embrocher », etc. Ces expressions renforcent l'ambiance hardcore et incitent à la consommation de vidéos. Bien que ça puisse paraître insignifiant, cela atteste une différence entre pénétrant et pénétré, une forme de possession du vagin ou de l'anus (les pénétrés) par le pénis (le pénétrant), tant du point de vue sexuel que social. Cette différence nourrit l'impression de domination qui émane de la virilité sexuelle et invite à concevoir le rôle du pénis dans un modèle unique. Les hommes ne peuvent alors pas s'extraire de ce schéma de domination, qui pourrait pourtant ne pas leur convenir, ni envisager le rôle de « pénétrés », notamment dans les rapports hétérosexuels.

John : « Hétéro à 100 %, je n'ai osé que très récemment avouer à ma compagne que, dans le passé, j'avais aimé le plaisir prostatique... et que je suis prêt à recommencer ! »

Comme nous l'avons vu précédemment, les personnes dotées d'un pénis à la naissance ont également une prostate, qui séjourne au niveau du rectum – *allez vérifier par vous-même !* Bien qu'on puisse chercher différentes façons de la stimuler, la pénétration anale reste la manière la plus facile et efficace d'en connaître les joies. Elle est courante dans les rapports homosexuels, mais beaucoup moins chez les hétérosexuels. En effet, elle paraît inenvisageable pour bon nombre d'entre eux car elle remet en cause la fameuse « virilité sexuelle » liée au statut de pénétrant. C'est drôle, quand on y pense : pour nous faire croire que la virilité est un phénomène naturel, tout le monde enfile sa blouse de biologiste, mais quand il s'agit de parler de pénétration anale et de prostate, il n'y a plus personne...

Si, comme le dit Tahar Ben Jelloun dans son roman *L'Enfant de sable*, « la virilité ne réside pas dans les muscles, elle est dans l'esprit », alors prendre conscience de sa toxicité et chercher à s'en libérer pourrait peut-être mener à une nouvelle forme de virilité... *Affaire à suivre !*

---

1 Tous les prénoms ont été modifiés.

2 Dans son livre *Le Mythe de la virilité*, Olivia Gazalé explique qu'il vaut mieux nommer la domination masculine « viriarcat » que « patriarcat », « puisque l'homme détient le pouvoir, qu'il soit père ou non ».

3 Expressions employées par des médias dédiés au genre masculin tels que *Neo-masculin.com.*

4 La pornographie grand public, souvent accessible sur des plateformes gratuites et offrant une vision très superficielle et phallocentrée de la sexualité.

5 « Les hommes et les problèmes d'érection : le grand tabou ? », étude Ifop pour Charles.co réalisée en avril 2019.

SAPÉS COMME JAMAIS

Un jour, Harry Styles, chanteur et ancien membre des One Direction, a posé en robe. Si la presse du monde entier s'est focalisée sur sa tenue, nous étions nombreuses et nombreux à remarquer son sex-appeal – *on a rarement autant voulu être une robe.* S'amuser avec les normes genrées des vêtements n'a rien de révolutionnaire, beaucoup d'artistes ont joué avec les codes. Comment ne pas penser à Freddie Mercury, Kurt Cobain, Mylène Farmer, Billy Porter, Stromae, Lady Gaga ou encore Chris ? Si les tenues sont considérées comme les premiers vecteurs de l'identité de genre, ils ne sont en réalité que des instruments. Au fil des siècles, les codes du genre ont évolué et entraîné avec eux de nouvelles règles vestimentaires, de nouvelles cultures du paraître. Face à cela, il y a deux options : on peut s'y conforter si ça nous convient, ou essayer de s'en détacher pour s'épanouir dans quelque chose qui nous correspond plus. Depuis toujours, certains affirment ainsi leurs goûts et leur personnalité au-delà des barrières de genre.

Si voir un artiste comme Lil Nas X porter une paire de talons hauts peut nous paraître moderne et révolutionnaire, c'est parce qu'on a oublié de nous raconter certains aspects de notre histoire en contradiction avec les enseignements de notre époque. En réalité, les hommes cis ont longtemps mis du maquillage et porté des talons pour se grandir, aussi bien au sens propre qu'au figuré. La chaussure à talon avait un aspect pratique (l'augmentation de la taille), mais elle introduisait aussi une notion de prestige. Parmi les adeptes de cet accessoire, impossible de ne pas citer Louis XIV : le bougre avait un faible pour les talons rouges en cuir, qui pouvaient mesurer jusqu'à 12 centimètres de haut ! Il est aussi à l'origine des chaussures à rosette de ruban et à garniture en dentelle – *si Instagram avait existé à cette époque, il aurait sûrement fait des* hauls[1] *incroyables.* Même chose pour le maquillage : il existe depuis aussi longtemps pour les hommes que pour les femmes. On modifiait déjà son apparence à l'époque des pharaons ! Dans la Grèce antique, les bouches et les joues, peu importe le genre, étaient rougies avec des mûres écrasées, et les yeux noircis à la cendre. En France, au XVIIe siècle, les aristocrates utilisaient des fards pour se donner une apparence noble en s'appliquant un blanc prononcé sur la peau et du rouge pour dessiner les pommettes.

Appelez-moi B.B.

Avec la Révolution française, la noblesse et son maquillage ont disparu, entraînant la raréfaction des hommes utilisant des cosmétiques. La tendance est revenue sur le devant de la scène dans les années 1990, lorsque Jean-Paul Gaultier a lancé sa première ligne de cosmétiques pour hommes – *est-ce que nous ne serions pas dans une boucle infinie ?*

En théorie, rien n'empêche un homme de mettre des talons pour aller au bureau, par exemple. S'il ne le fait pas, c'est parce qu'il sait que ça ne s'inscrit pas dans ce qu'on lui a appris et qu'il risque de subir des critiques pouvant aller jusqu'à la mise en doute son identité. Il y en a cependant un qui n'a pas voulu s'en priver : Mark Bryan. Cet ingénieur de 61 ans porte régulièrement des talons aiguilles pour se rendre au travail. Son style, souvent qualifié d'hybride ou d'androgyne par les médias, n'a en réalité rien d'exceptionnel, si ce n'est qu'il est assumé – *et canon.* Mark affiche fièrement ses looks sur sa page Instagram, qui compte plus de 500 000 abonnés. Autant vous dire que les trolls, la suspicion de recherche de buzz et les questionnements autour de sa sexualité, de sa situation ou de son identité affluent. C'est pour ça qu'il répète toujours la même chose sous ses publications : « Je suis un homme hétéro, marié et heureux, qui aime les Porsche, les belles femmes, et qui intègre des talons et des jupes dans sa garde-robe quotidienne. Les vêtements et chaussures ne devraient pas avoir de genre. » Même si, pour certains, c'est difficile à comprendre, porter une paire de talons n'est en rien lié à l'identité sexuelle, et Mark Bryan en est la preuve.

On peut également évoquer Li Jiaqi, influenceur chinois de 28 ans. Au départ stagiaire dans une société de cosmétiques, il s'amuse à faire des *lives* dans lesquels il teste des rouges à lèvres ; en plus d'avoir du style et du charisme, il a une réelle expertise à apporter aux spectateurs. Au fur et à mesure que sa communauté s'agrandit, il devient le « roi du rouge à lèvres » ; son compte Tiktok rassemble plus de 42 millions d'abonnés, et il a récemment battu un record en faisant vendre en moins de cinq minutes 15 000 exemplaires du rouge à lèvres qu'il portait durant un de ses *lives.* Comme lui, de nombreux jeunes garçons chinois deviennent influenceurs mode ou cosmétique. La Chine ne voit pas ça d'un très bon œil, si bien qu'elle a décidé de prendre des mesures en floutant les bijoux, les coiffures jugées extravagantes et le maquillage des hommes dans les émissions de télévision – *personne n'a encore compris qu'on se focalise plus sur le floutage qu'autre chose, dans ces cas-là ?* En plus d'être heureux, Mark Bryan et Li Jiaqi s'assument tels qu'ils sont, et ça, c'est bien plus rare que des hommes qui aimeraient porter des talons.

Dans un tout autre style, l'univers des drag-queens et des drag-kings – *rien à voir avec la reine ou le roi de la drague* – s'amuse particulièrement avec les stéréotypes, le maquillage, la mode et l'ordre du genre. Son origine n'est pas clairement établie, mais une des hypothèses est qu'il remonterait au XVIIe siècle, époque où les femmes ne pouvaient pas se produire sur scène au théâtre : ce sont donc des hommes qui incarnaient les rôles féminins, indiqués par l'acronyme « drag » pour « dressed as a girl ». Une drag-queen est une personne, peu importe son genre, qui construit une identité en se fondant volontairement sur les archétypes de la féminité. Les drag-kings, eux, jouent des stéréotypes de la masculinité. Tous se travestissent le temps d'un show qui peut être de danse, de chant ou encore de stand-up, et proposent un univers festif et positif que j'admire depuis toujours. Si vous êtes des petits « cul-rieux », je vous invite à aller sur Netflix – *à croire que toutes les bonnes histoires commencent comme ça* – pour regarder l'émission américaine *RuPaul's Drag Race*. Même si j'ai conscience que la culture drag-queen est loin de se réduire à ce que l'on voit dans cette émission, on peut célébrer RuPaul, drag-queen internationalement connue qui est à l'origine du show. Ce dernier, qui a remporté cinq fois d'affilée l'Emmy Award de la meilleure présentation d'une compétition de téléréalité, a popularisé la culture drag-queen et participe à l'ouverture des esprits et au changement des regards. La France compte aussi ses talents, comme Shigo, Nicky Doll et plein d'autres que je vous invite vivement à suivre – *et à admirer.*

Finalement, peu importe le nombre de jupons, la longueur de la robe, le volume des cheveux ou la rougeur des joues. Ce qui compte réellement, c'est de briller de cette confiance qui colle à la peau.

[1] Vidéos de blogueurs consistant à déballer et essayer des vêtements devant la caméra afin d'imaginer des tenues.

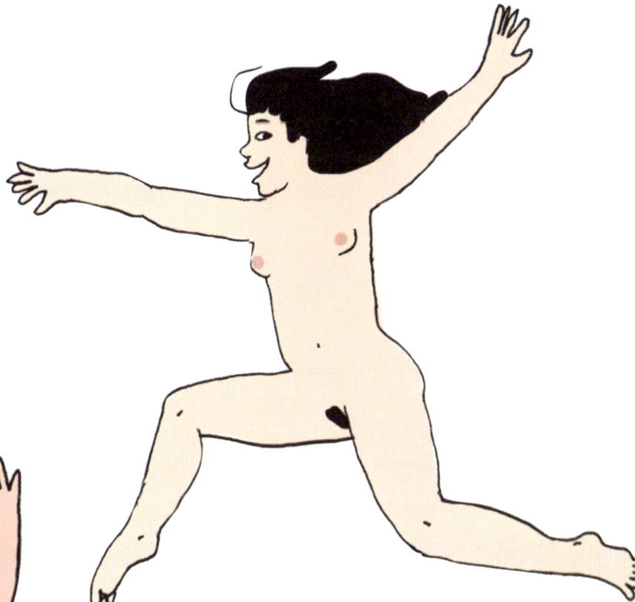

Conculsion

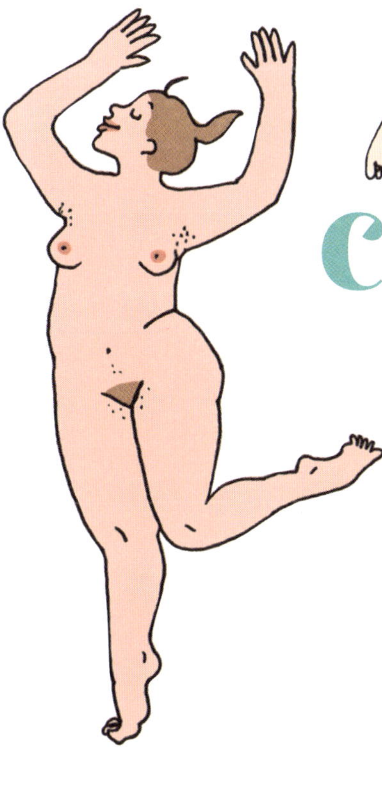

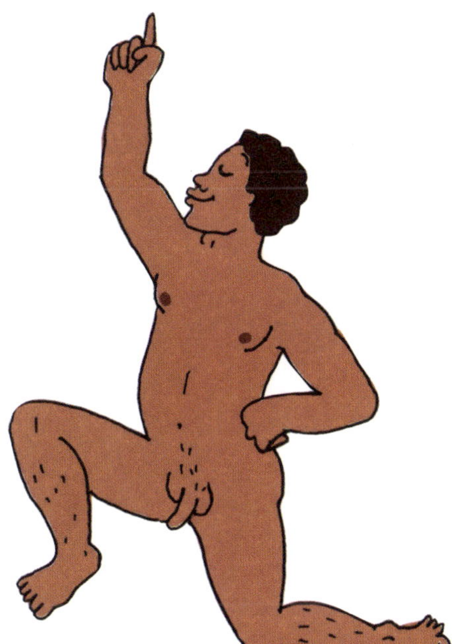

Est-ce que l'on peut dire que les nouvelles générations sont en quête d'une (r)évolution sexuelle ? Un peu, mon neveu – *200 pages plus tard, elle est toujours aussi beauf !*

Reconnaître la vie sexuelle et affective comme un facteur essentiel à notre construction sociale et à notre bien-être personnel, c'est admettre qu'un apprentissage est nécessaire à son bon développement. Alors on ne colle plus sur le cul ces étiquettes « sexy » ou « tentation » qui ne le rendent tolérable que dans un univers spécifique – *souvent construit par la société de consommation* –, et on le dédiabolise, on le dédramatise pour le rendre plus accessible. Je serais tentée de dire que le cul, c'est la vie – *un peu comme le gras* –, mais ça ne serait pas tout à fait vrai.

La vie, la vraie, c'est de se savoir libre. La liberté sexuelle, telle qu'elle est formulée dans l'inconscient collectif, est souvent réduite aux initiatives personnelles – *on imagine quelqu'un capable de parler haut et fort de cul, avec une libido qui dépasse les capacités humaines ou en train de binge du porno* –, or, elle n'a rien à voir avec tout ça. La liberté sexuelle se veut, en réalité, bien plus profonde : ce ne sont pas les règles et les lois qu'elle redoute, car elle n'existerait pas sans elles, mais bien les préjugés et les injonctions. En fait, on sera sexuellement libres le jour où la valeur d'une personne, peu importe son genre, ne sera pas définie par son activité (ou inactivité) sexuelle. On risque de s'impatienter à attendre du changement de la part des autres, alors autant commencer par soi-même. C'est surtout ça, l'émancipation sexuelle et affective ! C'est d'ailleurs là que commence le processus d'empouvoirement. Autrement dit, cette capacité à renforcer ou à acquérir une forme de confiance, de force et de paix émotionnelle.

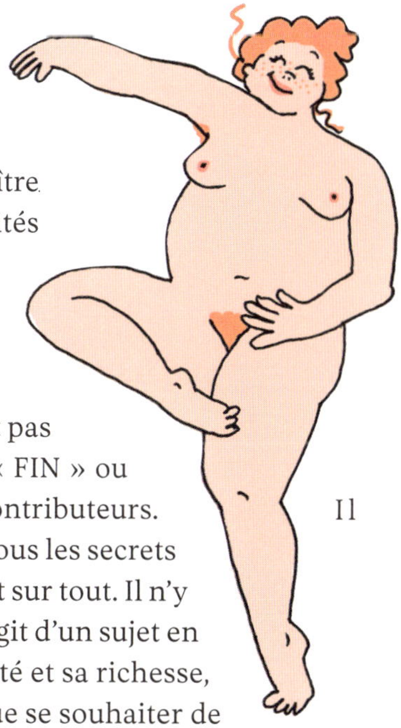

Peut-être l'avez-vous déjà remarqué, mais ces dernières lignes n'ont rien d'une conclusion. En fait, il est impossible pour moi de conclure – *pas uniquement parce que j'adore bavarder*. On a longtemps rêvé de tout savoir, de tout connaître et de tout comprendre sur le sexe et les identités mais, si on est réalistes, on comprend rapidement qu'il s'agit d'un éternel apprentissage sur soi et sur les autres. Il est naïf de penser que, un jour, on pourrait franchir une ligne d'arrivée en disant « C'est bon, on est au point, on ne peut pas faire mieux, là ! ». Il n'y aura pas de panneau « FIN » ou de générique trop long remerciant tous les contributeurs. Il n'y aura pas non plus de bible du cul recensant tous les secrets ou d'expert du cul en chef qui saura toujours tout sur tout. Il n'y aura rien de tout cela, simplement parce qu'il s'agit d'un sujet en perpétuelle évolution. Et c'est ça qui fait sa beauté et sa richesse, c'est ça qu'il faut fêter ! On ne peut désormais que se souhaiter de continuer à apprendre, de continuer à s'y intéresser, de continuer à s'écouter et à écouter les autres ; c'est ainsi que l'on va grandir et s'épanouir. Maintenant, c'est à nous tous de jou(ir)er – *un petit dernier pour la route...*

Merci, les p'tits culs.

La biblio*cul*

Ici, vous trouverez une partie de ma biblio*cul* ! Je vous présente certaines de mes lectures, selon des thématiques que l'on peut retrouver dans le livre. Et je vous invite à construire votre propre biblio*cul* !

« L'art de lire, c'est l'art de penser avec un peu d'aide. »

Émile Faguet, L'Art de lire*, Hachette, 1912*

CONNAÎTRE SON CORPS

Nina Brochmann et Ellen Støkken Dahl, *Les Joies d'en bas*, Actes Sud, 2018.
Pr François Desgrandchamps, *La prostate, on en parle ?*, Hachette, 2018.
Camille Froidevaux-Metterie, *Seins, en quête d'une libération*, Anamosa, 2020.
Dr Marc Galiano et Rica Etienne, *Mon sexe & moi*, Marabout, 2020.
Caroline Michel, *La Ménopause sans tabous*, Leduc.s, 2019.
Amal Tahir, *Bien dans ma tête, bien dans ma culotte*, Kiwi, 2020.

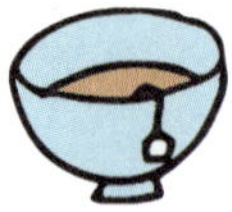

DU CUL, DU CUL, DU CUL

Anne et Jean-François Descombes, *Le Slow Sex*, Marabout, 2017.
Camille Emmanuelle, *Sexpowerment*, Anne Carrière, 2016.
Janine Mossuz Lavau, *La Vie sexuelle en France*, La Martinière, 2018.
Dr Gérard Leleu, *Le Traité du plaisir*, Éditions Artulen, 2004.
Maïa Mazaurette, *Sortir du trou*, Anne Carrière, 2020.
Martin Page, *Au-delà de la pénétration*, Le Nouvel Attila, 2020.
Dr Patrick Papazian, *Parlez-moi d'amour !*, les éditions de l'Opportun, 2016.

Jüne Plã, *Jouissance Club*, Marabout, 2020.
Iv Psalti, *La Sexualité positive*, La Musardine, 2019.
Dr Gérard Ribes et Dr Marie Veluire, *Je, tu, nous... le couple, le sexe et l'amour*, Éditions In Press, 2019.

TOUJOURS LE POING LEVÉ

Simone de Beauvoir, *La Femme indépendante*, Gallimard, 2008.
Camille, *Je m'en bats le clito*, Kiwi, 2018.
Coline Charpentier, *T'as pensé à... ?*, Le Livre de Poche, 2020.
Clémentine Gallot et Caroline Michel, *La Charge sexuelle*, First Éditions, 2020.
Lucinda Gosling, Hilary Robinson et Amy Tobin, *L'Art du féminisme*, Hugo Image, 2019.
Olivia Gazalé, *Le Mythe de la virilité*, Robert Laffont, 2017.
Benoîte Groult, *Le Féminisme au masculin*, Denoël/Gonthier, 1977.
Irene, *La Terreur féministe*, Divergences, 2021.
Laure Murat, *Une révolution sexuelle ?*, Stock, 2018.
Paul B. Preciado, *Un appartement sur Uranus*, Grasset, 2019.
Réjane Sénac, *L'Égalité sans condition*, Rue de l'Échiquier, 2019.
Pauline Verduzier, *Vilaines filles*, Anne Carrière, 2020.

VIOLENCES SEXUELLES

Giulia Foïs, *Je suis une sur deux*, Flammarion, 2020.
Clotilde Leguil, *Céder n'est pas consentir*, Presses Universitaires de France, 2021.
Swan Nguyen, *Aider une victime de viol ou d'inceste*, L'Esprit du temps, 2020.
Sandrine Rousseau, *Parler*, Flammarion, 2017.

HISTOIRE ET SOCIÉTÉ

Christine Bard, Sandra Boehringer, Gabrielle Houbre, Didier Lett et Sylvie Steinberg, sous la direction de Sylvie Steinberg, *Une histoire des sexualités*, Presses Universitaires de France, 2018.
Jacques-olivier Boudon, *Le Sexe sous l'Empire*, La librairie Vuibert, 2019.

Georges Duby et Michelle Perrot, *Histoire des femmes en Occident*, Perrin, 2002.
Diane Ducret, *Femme de dictateur*, Perrin, 2012.
Virginie Girod, *Les Femmes et le sexe dans la Rome Antique*, Tallandier, 2020.
Aurélie Godefroy, *Les Religions, le sexe et nous*, Calmann-Lévy, 2012.
Ivan Jablonka, *Des hommes justes*, Seuil, 2019.
Lexie, *Une histoire de genres*, Marabout, 2021.
Frédéric Martel, *Sodoma*, Robert Laffont, Paris, 2019.
Marylène Patou Mathis, *L'homme préhistorique est aussi une femme*, Allary Éditions, 2018.

LES PODCASTS QUI FONT DU BIEN À TES OREILLES

« Ben Névert » de Ben Névert.
« Coming Out », Spotify Original avec Élise Goldfarb et Julia Layani.
« Hot Line » un podcast Original Spotify présenté par Naya Ali avec Laetita Reboulleau, Elvire Duvelle-Charles, Rosa Bursztein, Chloé Lemn, Clarisse Luiz, Lea et moi-même
« Intime & Politique – La politique des putes », Nouvelles Écoutes avec Océan.
« Les couilles sur la table », Binge Audio, avec Victoire Tuaillon.
« Les mecs que je veux ken » de Rosa Bursztein
« Quouir », Nouvelles Écoutes avec Rozenn Le Carboulec
« Une sacrée paire d'ovaires » de Marie Bongars.
« Vénus s'épilait-elle la chatte ? », Horario Invertido Records de Julie Beauzac.

Remerciements

Je pourrais consacrer plusieurs pages aux remerciements. Impossible de compter sur les doigts d'une main les personnes que j'aime et qui m'ont aidée. Cela dit, je me doute que vous avez autre chose à faire, donc je vais essayer d'être efficace.

Je tiens à remercier celles que j'aime et que j'admire, avec lesquelles je grandis. Lili, Bani et Caillou qui sont là depuis longtemps, qui étaient les premières à me pousser quand j'ai émis l'idée d'un compte dédié à la sexualité, mais aussi à lire mes lignes et à me soutenir dans mes blagues beaufs.

Je tiens à remercier ma famille, qui n'a jamais douté, qui m'a toujours soutenue et qui a toujours cru en moi. Une spéciale dédicace à ma grand-mère qui me demande à chaque coup de téléphone : « Comment ça va, ton truc de cul ? »

Merci à mon amour pour son soutien, ses encouragements et ses consolations ; l'occasion de comprendre que sa patience rivalise avec celle des moines bouddhistes.

Un grand merci aux équipes du label d'avoir fait un travail incroyable et de m'avoir offert cette opportunité. Merci aux correctrices d'avoir fait semblant de ne rien voir kan je fésé des fotes. Un grand merci à Juliette d'avoir accepté d'illustrer mon livre, c'était un rêve pour moi qui admire son talent depuis des années !

Encore merci à Vinii et Osmose pour m'avoir éduquée et accordé du temps pour les interviews, c'était un plaisir d'échanger avec vous. Je tiens également à remercier mes p'tits culs qui, pour les besoins du livre, n'ont pas hésité à me partager des témoignages touchants et importants !

Un grand merci aux personnes que j'ai pu rencontrer grâce à mon compte et qui font un travail extraordinaire au quotidien pour faire bouger les choses. Je pense notamment à June de @Jouissanceclub, Elvire de @clitrevolution, Marie de @mariebongars, Aliona de @_laprediction, Camille de @jemenbatsleclito, Charline de @orgasme_et_moi, Amal de @inside.women, Aisha de @mystereetbouledorgasme, Lea de @mercibeaucul, @drnaked, @wi_cul_pedia, Flore Cherry, Guenievre Suryous, Camille Emmanuelle, Claire Alquier, Irene de @irenevrose, Fiona de @fiona.n.schmidt, Masha de @mashasexplique, Justine de @justine.bond, mes copines de Hot Line, etc. Pardon si j'oublie des noms, mais finalement ça me permet de réaliser avec joie que cette armée de *badass* s'agrandit au fil du temps.

Un grand merci à mes p'tits culs.
Merci pour votre amour et votre bienveillance,
Vous êtes les meilleur(e)s, vous le savez.

Goodies

Goodies

Tous les dessins sont de Coucou Suzette.

© 2021, Hachette Livre (Hachette Pratique).
58, rue Jean Bleuzen – 92178 Vanves Cedex

Tous droits de traduction, d'adaptation et de reproduction, totale ou partielle, pour quelque usage, par quelque moyen que ce soit, réservés pour tous pays.

Direction : Catherine Saunier-Talec
Responsables de projet : Marie Naudet et Mathilde Noizet
Mise en page et relecture : Élodie Bourgeois, Clémentine Bougrat et Les Pointilleuses
Fabrication : Amélie Latsch
Responsable partenariats : Dana Lichiardopol (dlichiardopol@hachette-livre.fr)

Dépôt légal : août 2021
43-3415-8/01
ISBN : 978-2-01-945995-6
Imprimé en Espagne par Macrolibros

PAPIER À BASE DE
FIBRES CERTIFIÉES

hachette s'engage pour l'environnement en réduisant l'empreinte carbone de ses livres. Celle de cet exemplaire est de :
1,5 kg éq. CO_2
Rendez-vous sur
www.hachette-durable.fr